中公文庫

うぽっぽ同心十手綴り

凍《い》て雲《ぐも》

坂岡　真

中央公論新社

目次

笹りんどう

一

塀の内に迷いこんだ秋風が、罪人の薄汚れた着物の裾《すそ》をめくりあげた。

血を流したような夕空は黒ずみ、地面に長く伸びた人影も消えてゆく。

紺地の法被《はっぴ》を着た牢屋下男は俯《うつむ》き、熊手で落ち葉を掻《か》きあつめている。

落ち葉を焚《た》いて芋でも焼こうというのか。まさか、そうではあるまい。

小伝馬町《こでんまちょう》牢屋敷の鬼門にあたる北東、赤土の地面には首落としの穴が浅く掘ってある。

ここは斬首刑の取りおこなわれる土壇場。芋など焼けば、首の無い罪人どもの霊が「熱い、熱い」と踊りだすにちがいない。

長尾勘兵衛《ながおかんべえ》は塀際に佇《たたず》み、荻《おぎ》の声を聞いていた。

――ざざ、ざざざ。

それは浜に打ちよせる波音のようでもあり、間断なく降りつづく雨音のようでもある。

高い塀のすぐむこうには浜町河岸へ通じる竜閑《りゅうかん》川が流れ、河原には芒《すすき》よりもやや大振りの荻が群生していた。暗い川面へ人を導くかのように、錦糸の穂を靡《なび》かせているのだ。

密集した細長い葉が風に啜《すす》り泣く音色は、罪人の耳にも聞こえていよう。

ひょっとしたら、この世で最後に聞く音になるかもしれなかった。

勘兵衛は臨時廻り同心として、何度となく斬首に立ちあってきた。

深まりゆく秋の夕暮れほど、物悲しい気分にさせられる季節はない。

罪人は、名を小栗玄朴《おぐりげんぼく》といった。

神田松枝《まつがえ》町《ちょう》に住む貧乏医者である。

年は四十代の中盤、風体こそみすぼらしいものの、治療の腕は確かで、住民たちからの信頼も厚かった。

罪状は盗み。神田岩本町で酒卸しと銭両替を営む枡屋《ますや》の帳場から五十両相当の金品を盗んだ。しかも、主人《あるじ》の清左衛門《せいざえもん》は刃物で傷を負わされた。幸い命に別状はなかったが、傷ついた清左衛門の目撃証言が決め手となり、玄朴は縄を打たれた。

盗みから捕縛までは十日、沙汰がくだされるまではさらに一ヶ月近く掛かった。

本日の処刑には囚獄《しゅうごく》（牢屋奉行）の石出帯刀《いしでたてわき》をはじめ、検使与力や鍵役同心など十余名が立ちあう。実際に罪人の首を斬るのは、斬首を代々の生業とする山田《やまだ》家の者だ。

勘兵衛は小栗玄朴の捕縛に関わったわけでも、吟味に同席したわけでもない。

検使与力の供人として、一日だけ数寄屋橋《すきやばし》（南町奉行所）から派遣されてきた。

定廻りと臨時廻り、ぜんぶで十二人いる廻り同心のうちでただひとり、貧乏籤《くじ》を引いた者が斬首刑に立ちあわねばならない。

はなはだ迷惑なはなしだが、それは名奉行との誉れも高い根岸肥前守鎮衛《ねぎしひぜんのかみやすもり》が南町奉行に就いて以来の慣例であった。

斬首に立ちあえば、人命の重みを教えられる。

疑わしき者の捕縛や取調にあたって、捕り方は細心の注意を払うようになる。

どうやら、そうした意図があるらしい。

刑場に闇《やみ》の帳《とばり》が下り、篝火《かがりび》が点々と焚かれはじめた。

検使与力が両腕を伸ばして書付の端を握り、罪状を朗々と読みあげている。

「町医者小栗玄朴、常陸下館《ひたちしもだて》藩領一本松村出身、齢《よわい》四十五、過ぐる八朔《はっさく》子《ね》ノ刻《こく》、長年の患者でもある枡屋清左衛門方へ忍びこみ、五十両相当の金品を強奪せし行状、まことにもって不届至極、本来なれば引きまわしのうえ獄門は免れぬものの、枡屋清左衛門の助命嘆願もあり、罪一等減じて死罪を申しつくるものなり」

おなじ首を斬るにしても、刑罰には軽いものから順に、下手人《げしゅにん》、死罪、獄門と三種類あり、死罪と獄門には様斬《ためしぎ》りや晒《さら》し首といった恥辱刑が付された。

玄朴に申しわたされたのは、死罪である。

罪人はまず格子で仕切られた牢から出され、戸口前で牢名主から「どんな悪党でも死ねばほとけになる、立派に死んでこい」などと、哀惜のことばを手向《たむ》けられる。そして、面《めん》紙《がみ》と呼ぶ二つ折りの半紙で目隠しをされ、縄尻を取る小者に引かれて外へ連れだされるのだ。

首落としの穴までは三十歩程度、それを短いと感じるか長いと感じるかは、本人にしかわからない。

玄朴は騒ぎたてもせず、ゆったりとした足取りですすんだ。

堂々と胸を張り、おどおどした様子は微塵《みじん》もない。

聞くところによれば、詮議のときも弱音をいっさい吐かず、みずからの罪を素直にみとめたらしい。

ただ、謝罪のことばは発せられなかった。

吟味方に事の経緯《いきさつ》が綴られた口書きをみせつけられ、淡々と同意したにすぎない。

――ひゅん。

突如、土壇場に矢のような風が吹きぬけた。

面紙が飛ばされ、不運にも勘兵衛は罪人と目が合った。

「死は易《やす》く生は難《かた》し」

玄朴は早口で喋《しゃべ》り、悲しげに微笑《ほほえ》んでみせた。

「生々世々《しょうじょうせぜ》、われ仁術の道を全うせん。天は照々として誠を照らす」

たとい生まれ変わっても、自分は医者として生きるであろう。天だけは善悪の別を見抜いている。

風音のせいで、はっきりと聞きとった者はいない。

ひとり勘兵衛だけが、罪人の丹唇《くちびる》を読んでしまった。

「引ったてい」

石出帯刀の怒声が響き、玄朴はふたたび面紙をつけられた。

揺るぎない足取りで仕置場までたどりつき、穴のまえに敷かれた筵《むしろ》に跪《ひざまず》くや、亀のように首を突きだす。

罪人の口から、命乞いや恨み言が洩《も》れることはなかった。

しわぶきひとつ聞こえず、死出《しで》の仕度は粛々《しゅくしゅく》とすすんでゆく。

股立《ももだ》ちをとった首斬役はするすると能役者のように足をはこび、音もなく本身を鞘《さや》走らせた。

切先を車《しゃ》に下げ、棟区《むねまち》のあたりから丁字文《ちょうじもん》に沿って清水を流す。

罪人に覚悟を促す呼びかけはない。

「ふん」

首斬役は上段の構えから、大根を切る要領で白刃を落とした。

鈍い音とともに頸椎が断たれ、生首は真下の穴に転がった。

夥《おびただ》しい鮮血がほとばしり、あたり一面に臭気がたちこめる。

「終わったか」

いつもながらに、呆気ない幕切れだ。

生首は焼場《やきば》近くの空き地に捨てられ、山狗《やまいぬ》の餌《えさ》となる。

首無し胴は血抜きされ、山田家の者たちが様斬りにする。

罪人の末路とは惨《みじ》めなものだ。

勘兵衛は、深い溜息《ためいき》を吐《つ》いた。

――天は照々として誠を照らす。

玄朴はたしかに、そうつぶやいた。

自分は濡《ぬ》れ衣を着せられた、とでも言いたかったのか。

真相を知っているのなら、どうして取調で白状しなかったのだろう。

吟味方与力は、検使役としても足をはこんだ宗像弥右衛門《むなかたやえもん》である。経験豊富なうえに、冷徹無比をもって鳴る人物にほかならない。宗像の吟味に手抜かりがあるとはおもえなかった。

玄朴はみずからの意志で沈黙をつらぬいたのだ。

誰の罪をかぶり、何を守ろうとしたのか。

——生々世々、われ仁術の道を全うせん。

その台詞《せりふ》には、玄朴の強い意志が感じられた。

いずれにしろ、死にゆく運命《さだめ》の罪人が嘘を吐くとはおもえない。

やはり、何かを訴えたかったのだろう。この世への未練を断ちきれず、胸に渦巻く深い想いが口を突いて出たのではあるまいか。

しかし、たとえそうであったにせよ、一介の臨時廻りにできることは何ひとつない。

罪人は首を斬られ、一件は落着した。ほじくりかえしたところで何の得もないのだ。

勘兵衛は薄闇に佇み、しばらくのあいだ血腥《ちなまぐさ》い臭いを嗅《か》いでいた。

石出と宗像はすがたを消し、牢屋同心たちも持ち場へ戻ってゆく。

型どおりの挨拶《あいさつ》を済ませ、勘兵衛は表門の脇から外へ出た。

と、そこへ、かぼそい声が掛かった。

「もし、お尋ね申しあげます」

色づきはじめた銀杏《いちょう》の木陰から、提灯を手にした十五、六の娘が滑るように近づいてくる。

「あの……町医師の小栗玄朴は、どうなったのでございましょう」

勘兵衛は顔をしかめた。今日はとことん運がない。

「おぬし、娘か」

「いいえ、弟子の果穂《かほ》と申します」

「弟子というと」

「玄朴先生のもとで医術を学びながら、御殿医をめざしておりました」

「ほう、御殿医を」

勘兵衛は目をほそめ、気丈に応じる娘を眩《まぶ》しげにみつめた。

じつは、愛娘《まなむすめ》の綾乃《あやの》も御殿医になりたいという希望を口にしていたのだ。

「それで、おぬしは何をしにまいった」

「先生の亡骸《なきがら》を引きとりにまいりました」

銀杏の根元を見遣《みや》れば、早桶《はやおけ》が暗がりにぽつんと置いてある。

ふたりの担ぎ手が道端に屈み、不味《まず》そうに煙管《キセル》をふかしていた。

早桶の脇には、十にも満たない洟《はな》垂れ小僧が立っている。

玄朴の子であろうか。

生涯、親の罪を背負って生きねばならぬ哀れな子。

親譲りの鋭い眼光で睨《にら》まれ、勘兵衛はたじろいだ。

「あの子は、忘れ形見か」

「はい、陽太郎《ようたろう》と申します」

「果穂とやら、ご沙汰は死罪ゆえ、遺骸の下げわたしはできぬ。町役《ちょうやく》から説明を受けなかったのか」

「ご説明いただいたのは、本日夕刻に罰せられるということだけです」

「さようか」

「せめて、亡骸が取りすてになる場所だけでもお教えください」

「すまぬ、わしはそこまで知らぬのだ」

勘兵衛は縋《すが》りつくような眼差しを避け、おもわず詫びてしまった。

「供養したい気持ちもわからんではないがな、こればかりはどうしようもない。あの子に言って聞かせよ。玄朴どのは立派に逝《い》った、堂々とした最期であったと」

「あ、ありがとう存じます……う、うう」

ここが我慢の限界だったのか、果穂は袂《たもと》で顔を覆い、嗚咽《おえつ》を洩らしはじめた。

陽太郎は近づいてこようともせず、こちらをじっと睨みつけている。

左右の拳を固め、口《くち》惜《お》しさに耐えているのだ。

黒目がちの瞳には、敵意すら感じられた。父親を殺したのは役人たちで、勘兵衛も悪党の仲間にちがいない。そう、おもっているのだろう。

何やら、居たたまれない気分だ。

「あの……お役人さま」

「ん、何だ」

「玄朴先生はどなたにも優しいお方でした。長崎で蘭学を学んだ名医でもあられます。先生が盗みをはたらいたなどと……きっと、何かのまちがいに相違ありません」

「滅多なことを口にするな」

「でも」

「未練がましいことを口にいたせば、故人の名誉に傷がつくぞ」

勘兵衛に厳しく叱責され、果穂は黙った。

やがて、空の早桶は去り、姉弟のようにみえるふたりの後ろ姿も遠ざかっていった。

——ざざ、ざざざ。

耳に聞こえてくるのは荻の声、浮かばれぬ罪人どもが常世《とこよ》で噎《むせ》び泣いている。

小栗玄朴が命に替えても守りたかったもの、それはいったい何であったのか。

知りたいという欲求が、勘兵衛のなかで膨《ふく》らみかけていた。

二

七日後。

——きいきい、きゅいいん。

百舌《もず》の高鳴きが聞こえてきた。

八丁堀のまんなかを、縫うように堀川が流れている。中途に架かる地蔵橋《じぞうばし》のそばにたいそう立派な南天桐が聳《そび》え、鳥たちにとっては恰好の塒《ねぐら》になっていた。勘兵衛はよくそこで小枝の先に刺さった蝗《いなご》や蛙《かえる》の死骸を見掛けた。百舌の早贄《はやにえ》と呼ばれるものだ。

百舌はおそらく、赤い実が房生りに膨らみはじめた南天桐のてっぺんで胸を張り、縄張りを主張しているのだろう。

勘兵衛の屋敷は、同心組屋敷の一角にあった。

百坪足らずの平屋で、陽当たりの良い庭があり、紅葉の季節には炎と燃える満天星《どうだん》の垣根に囲まれている。

表店《おもてだな》は金瘡医《きんそうい》の井上仁徳《いのうえにんとく》に貸しているため、患者以外の知りあいや御用聞きは開け放ちの簾戸門《すどもん》から勝手にはいってくる。

草木に彩られた中庭を通りすぎると、朝未《まだ》きうちであれば、たいていは縁側に主人の勘兵衛が座っていた。

小太りで撫《な》で肩、福々しい顔には愛嬌がある。

長屋の貧乏人どもから「微笑仏《みしょうぶつ》」と親しげに呼ばれる所以《ゆえん》は、眉間《みけん》に「地紋《じもん》」と称する黒子《ほくろ》があるからだ。

人相見に大器晩成の相と褒《ほ》められた。

が、すでに齢五十の峠を超え、鬢《びん》には白いものがまじり、目尻の皺《しわ》も深い。

廻り方に就いて三十年、華々しい手柄をあげたこともない十手持ちに、今からどのような幸運が舞いこむというのか。大器晩成と持ちあげられたところで、嬉しくも何ともなかった。

「今朝はずいぶん冷えるな」

勘兵衛は胡座《あぐら》をかき、肘《ひじ》を張って酒を呑んでいた。

考え事をするとき、ごく稀にひとりで朝酒を嗜《たしな》む。

そうしたときにかぎって、鼻をくんくんさせながら仁徳がやってきた。

「お、朝酒か。良いご身分じゃねえか、一杯注げ」

白い鯰髭《なまずひげ》を生やした仁徳は、還暦を超えている。みたとおりの酔いどれ医者だが、三十数年来、斬殺死体や水死体の検屍に関わってきた。所見の正確さには定評がある。無遠慮なうえに口のわるさは天下一品、不浄役人など屁《へ》ともおもっておらず、煙たがる役人も多いが、一方では重宝がられてもいる。

「何やら、うそ寒いのう。こういうときは芯から温まるにかぎるわい」

仁徳はぐい呑みで豪快に冷や酒を呷《あお》り、ぷはあっと息を吐いた。

「うぽっぽ、燗酒にせい、からだに悪かろうが」

「はあ」

「綾乃はどうした」

「河岸へ買いだしに」

「偉いのう。棒手振《ぼてふ》りを呼ばずに河岸まで足労すれば、安くて美味《うま》い品《もん》が買える。誰が教えたわけでもないのに、そうしたことをちゃんと知っておる。この着物にしてもそうじゃ。

朝起きてみたら、いつのまにか袷《あわせ》が綿入れになっておった。患者の世話で疲れておろうに、夜なべで繕ってくれたのさ。あれはなかなかにできた娘ぞ、さすが、わしがおしめを換えただけのことはある」

綾乃のおしめを換えたことが、どうやら仁徳の自慢らしかった。もう何十年も表店に住みついているので、家族も同然なのだ。

「およね婆が持病の癪《しゃく》で来られねえ。綾乃にまた手伝ってもらわにゃならん」

「困りますな」

「何で」

「わたしは綾乃を医者にする気など毛頭ない」

二十歳も過ぎたことだし、一日でも早く良縁に恵まれ、立派な若者のもとへ嫁いでほしいと願っている。

「親心というやつか。されどな、綾乃は嫌々ながら手伝っておるのではない。仁術にやり甲斐を感じておるのじゃ。おぬしも聞いておろう、綾乃は御殿医登用の試問を受けるつもりらしいぞ」

官医登用試験は毎年、春と秋に実施される。数百人にひとりしか合格できない難関だった。女だてらにと吼《ほ》えたてるつもりはないが、幕府内には女性や弱者への根強い偏見がある。身分性別を問わず、優秀な者は御殿医に登用するとの建前はあるにせよ、女の身で試験に受かることはまず考えられなかった。

「受かるかどうかはどうでもよい。御殿医なぞになっても窮屈なだけじゃわい。汲んでやらねばならぬのは、挑戦しようという気高いこころざしじゃ。嫁になれば綾乃が幸福になるとおもうたら、おおまちがいじゃぞ。のう、うぽっぽよ、綾乃の好きなようにさせてやれ。そのうち、どうしても娶《めと》らせてほしいと言い寄ってくる者もあろう」

仁徳の念頭には、若い定廻りの末吉鯉四郎《すえよしこいしろう》が浮かんでいる。

勘兵衛も鯉四郎の恋情《おもい》には勘づいているが、知らんぷりをきめこんでいた。毎日、屍骸《むくろ》と顔を突きあわせている定廻りなんぞと、愛娘をいっしょにさせたくはない。

勘兵衛は飄々《ひょうひょう》とした物腰の男だが、綾乃のことになると途端に冷静さを失った。

「親ひとり子ひとり、ま、しょうがあんめえか」

仁徳は溜息を吐き、置き注ぎで呑みはじめる。

勘兵衛は両親の顔を知らない。養父母に教えられたはなしでは、亀戸《かめいど》天神の鳥居の根元に捨てられていたという。宮司に拾われたのち、風烈廻り同心を務める長尾家の養子となった。心優しい同心夫婦は勘兵衛を一人前の男に育て、住む家と働く場所を遺《のこ》してくれた。

一方、綾乃も、静《しず》という母親の顔を知らない。

綾乃が二歳になった年の暮れ、静は失踪した。

理由は判然としない。

――すみません、綾乃をお願いします。

という書き置きだけが残されていた。

勘兵衛は何年も、死に物狂いで静を捜しつづけた。

しかし、行方《ゆくえ》は杳《よう》として知れず、二十年も経った今夏、静らしき女がひょっこり江戸へあらわれた。小夜《さよ》と名を変えてはいたが、あれは静であったと今でも確信している。記憶を無くし、安芸《あき》の尾道《おのみち》で鬼灯《ほおずき》の惣五郎《そうごろう》という極悪人に拾われたのだ。

文月《ふづき》二十六夜、高輪《たかなわ》の茶屋「月のみさき」で邂逅《かいこう》できるかもしれぬと期待した。

たしかに、静は比丘尼《びくに》の操る小舟であらわれた。

だが、小舟は浜へ近寄ることもなく、燦爛《さんらん》と輝く三光の彼方《かなた》へ消えてしまった。

今にしておもえば、あれは幻影であったのかもしれない。

いずれにしろ、静が生きていたとわかっただけでもありがたいことだった。

生きていれば、いつか邂逅できる。それも、さほど遠くない時期に、かならずや邂逅できると信じている。希望が叶ったあかつきには、失踪の理由を質《ただ》し、できることなら、ともに新たな暮らしをはじめたかった。恐い気もするが、期待のほうが大きい。

しかし、今、勘兵衛の心を占めているのは、静のことではなかった。

「うぽっぽ、どうした、考え事か」

「いいえ、別に」

「患者に聞いたはなしじゃが、麻布狸穴《あざぶまみあな》の植木屋がな、大輪の菊で鶴だの帆掛船だのを上手に細工するそうじゃ」

「知っていますよ」

「観たのか」

「ええ、とっくに。大勢の見物客をあつめているようですが、わたしに言わせれば一閑張《いっかんば》りの象や虎の見世物とおんなじですね。たいして、おもしろくもない。それよりも、今時分は浅草橋場《あさくさはしば》の浅茅ヶ原《あさぢがはら》辺まで足を延ばしたほうが趣は深い」

「ふん、霜《しも》枯れた野原《のっぱら》に何がある」

「秋風に吹かれ、りんどうがぽつんと咲いているのですよ」

「りんどうが」

「ええ、人影もない夕暮れにたったひとりで、りんどうを愛《め》でる。そうした気分こそ、味わい深いものでしょう」

「さすがは、うぽっぽ。何をしているかとおもえば、原っぱで暢気《のんき》に花なんぞ愛でていやがった。雨が降ろうと槍が降ろうと、ひたすら江戸じゅうを歩きまわる。おぬしゃ歩くことしか能のねえ男さ。出世とは無縁で野心の欠片《かけら》もねえ。手柄を横取りされても、にこにこ笑っていやがる。十手は朱房の銀流しだが、飾りも同然の代物よ」

猫に小判、うぽっぽに十手。同心部屋でも誰ひとり、大立ちまわりを目にした者はいないとか。ちなみに、好きな食い物は豆腐に納豆、楽しみは酒と寄席と朝風呂、なかでも朝風呂は欠かせない。うぽっぽとは暢気なうっかり者のことだ。

「おぬしゃ毒にも薬にもならねえ男さ」

仁徳は香具師《やし》の口上よろしく毒を吐きつづけ、ぐい呑みを呷った。

「今朝は妙に突っかかりますな」

「おう、ちと気に入らねえ」

「何がですか」

「七日前、町医者が死罪になったと聞いた。おめえも立ちあったはずだ」

「小栗玄朴の一件ですか」

「ああ。玄朴はな、町医者にしておくにゃ勿体《もったい》ねえ逸材《いつざい》じゃった」

「お知りあいでしたか」

「知りあいというほどでもねえ。これは聞いたはなしだが、玄朴は常陸下館藩（二万石）の御用医師として殿様の脈を取っておったらしい。ところが三年前、かねてより病弱だった殿様が二十一歳の若さで逝ったのさ」

逝去した六代藩主の石川総親《ふさちか》（従五位下近江守《じゅごいのげおうみのかみ》）は養子で、老中牧野忠精《まきのただきよ》（越後長岡《えちごながおか》藩藩主）の次男だった。右の関わりから、幕府より死因に関する厳しい詮議があり、確たる理由は判然としないものの、玄朴は御用医師を辞めさせられ、そのうえ、国払いを命じられた。

「玄朴には、二度会ったことがある。紀州《きしゅう》の華岡青洲《はなおかせいしゅう》どのが考案なされた麻沸湯《まふっとう》（麻酔薬）の件での。貧乏はしておったが、仁術のこころざしは誰よりも高かった。わしが言うのじゃ、まちがいない。あれは、盗人のできるような男ではないぞ。それが見抜けぬとは、おぬしの目は節穴か」

「今さら仰《おっしゃ》られても、困りますな」

「歯切れがわるいのう。わしとて斬首されると知っておれば、御奉行に掛けあっておったわ。なにせ、昨日まで知らなんだ。おぬしゃ何で黙っておった」

次第に激昂《げっこう》する仁徳を、勘兵衛は焚きつけるように吐きすてた。

「仁徳どのに、いったい、何の関わりがある」

「何じゃと、おなじ仁術の徒を無実の罪で殺され、黙って指をくわえておられるものか。今からでも遅くはない、小栗玄朴の名誉を守るためじゃ。うぽっぽ、調べなおせ」

もとより、心の準備はできている。きっかけが欲しかっただけのことだ。

勘兵衛は尻を叩《たた》かれ、腰を浮かせかけた。

が、つぎの瞬間、下腹を押さえて蹲《うずくま》った。

「どうした」

「急に……さ、差しこみが」

「持病の疝気《せんき》が出てきおったか」

「い、いえ……胃袋のようです」

「されば、りんどうの根を嚙《か》めばよい。苦いぞ、りんどうは漢字で竜の胆《きも》と書く。読んで字のごとく、竜の胆から採った腹薬じゃからの、尋常な苦さではあるまい。ふふ、苦さに紛れて痛さを忘れるのよ、痛みはころりと癒えるぞ」

「早《はよ》う……そ、それを」

「はて、あったかのう」

「は……早うしてくれ」

「おう、よしよし、ちと待っておれ」

仁徳はさも楽しげに腰をあげ、のんびりとした足取りで去ってゆく。

綾乃は食材の買いだしに行ったまま、いっこうに帰ってこない。

――きいきい、きゅいいん。

百舌の高鳴きが、腹に響いた。

おおかた、処刑から七日も放っておいた罰が当たったのだろう。

月代《さかやき》に膏汗《あぶらあせ》を滲《にじ》ませ、勘兵衛はそうおもった。

三

竜胆《りんどう》の腹薬を呑むと、腹の痛みはころりとおさまった。

縞《しま》の着流しに綿入れの巻羽織を纏《まと》い、勘兵衛は神田松枝町へむかった。

松枝町は伝馬町牢屋敷の北側にある。やわらかな朝陽を浴びながら藍染川にいたり、川の曲がったところで筋交いに架かる弁慶橋《べんけいばし》を渡ったさきだ。ちなみに、橋の手前は枡屋のある岩本町であった。

勘兵衛は閂《かんぬき》に差した大小の柄《つか》に、左袖をちょんと載せて歩んだ。

神田は庭のようなものなので、顔見知りも多い。

挨拶をされるたびに、切れ長の涼しい眸子《まなこ》で応じてやる。

途中で馴染《なじ》みの一膳飯屋に立ちより、土産《みやげ》に美味いと評判の田楽《でんがく》を買った。

玄朴が治療に勤《いそ》しんでいた場所は、何処《どこ》にでもあるような棟割長屋の一角である。

みすぼらしいながらも一軒の平屋が建っており、貧乏人でも気兼ねなく立ちよることのできる施療所になっていた。

勘兵衛も施療所の存在は知っていたが、訪れたことは一度もない。

捕り方は縄張り意識が強いため、臨時廻りといえども深入りできない領域がある。そもそも、小銀杏髷《まげ》の同心が顔をみせるだけで住民に緊張が走るので、よほどのことでもないかぎり木戸内へは踏みこめない。

勘兵衛は何食わぬ顔で、木戸を踏みこえた。

洟垂れどもが露地裏を駆けまわり、嬶《かか》ァたちは井戸端でぴいちく喋っている。

さっそく見知った顔の洗濯女が、気軽な調子で声を掛けてきた。

「うぽっぽの旦那《だんな》」

「よう、おつねか」

「あら嬉し、憶えててくだすったんですかあ」

「あたりめえだ、おれは江戸じゅうの嬶ァの名を諳《そら》んじることができるのよ」

「ほひぇ、おったまげた」

「こら、冗談を真に受けるな」

「いやだ、旦那もおひとがわるい」

「井戸端で何を喋っておった」

「浅茅ヶ原の阿弥陀堂《あみだどう》はご存じですかあ」

「蛇塚《へびつか》のそばにある朽ちた御堂ならな」

「昨晩遅くに燃えちまったんですよう」

「ほう、そいつは知らなかった」

「御堂のなかから、黒焦げになった親子三人のほとけがみつかりましてね。それがどうやら、つい先だってまでこの長屋に住んでいた棒手振りの親子らしいんです」

「ふうん」

「ご亭主は治助《じすけ》さんと仰いましてねえ、気の小さい男でした」

女房は胸を患《わずら》って寝たきり、男の子はまだ五つだった。家賃を半季分滞納して追いだされ、行方知れずになっていたという。

「親子が隠れているのを知ってか知らずか、おおかた、性悪《しょうわる》な連中が面白半分に火を付けたんでしょうよ。阿弥陀堂を焼くだなんて、罰当たりなはなしじゃござんせんか」

「まったくだ」

「治助さんは、ずいぶん玄朴先生のお世話になったんですよ。ところが、先生はあんなことになっちまい、治助さん親子もこんなことに」

井戸端の空気は、どうしたって重苦しくなると、おつねは嘆《なげ》いてみせる。

勘兵衛はじっくり頷《うなず》きつつも、本来の狙《ねら》いをおもいだしていた。

「おつね、小栗玄朴の評判をちと聞かせてくれぬか」

「そりゃもう、先生が居なくなって寂しいやら口惜しいやら。先生が盗みをはたらいただなんて、そんな莫迦《ばか》なはなしが信じられますか。ぜったいに何かのまちがいさ。今もそうやって、みなで喋ってたところなんですよ」

「そうかい」

「玄朴先生には、ほんとうによくしていただきました。あたしらだけじゃない、評判を聞きつけて遠方からもお声が掛かりましてね、急患があれば真夜中でも先生は往診に出掛けていかれました。だもんで、夜なべ先生って呼んでいたんですよ」

「なるほど、夜なべ医者か」

玄朴にたいする信頼の厚さは、想像以上のものだった。

岡っ引きや同心は、そのあたりを斟酌《しんしゃく》しなかったのか。

「縄を打ったのは、玉池稲荷《たまいけいなり》の親分さんです」

「岩七《いわしち》か」

「ええ」

　名のとおり、厳《いか》ついからだつきの四十男だ。

「すると、同心は定廻りの桐野《きりの》恭平《きょうへい》だな」

「たしか、そんなお名前の旦那でしたねえ」

　桐野はまだ三十前後の若さだが、過分の袖の下を要求することで知られる不浄役人だった。岩七と連《つる》んで貧乏人をいじめているとの悪評も、勘兵衛の耳には聞こえていた。

「ところで、おつね、ここの大家は誰だっけな」

「善太郎《ぜんたろう》ですよ。けちでしみったれ、強い者にはへえこらするくせに、弱い連中には威張りちらす。治助さん親子を追んだしたのも、あいつなんだ。名は善でも腹は黒い。あたしらのあいだじゃ、悪太郎でとおっております」

「それにしても、ようまわる舌だな」

「うひひ、旦那、内緒にしといてくださいな……おや、噂をすれば何とやら、木戸口からやってくるあの鉢頭」

「悪太郎か」

「へえ」

逃げだしたおつねと入れ替わりに、五十絡《がら》みの「鉢頭」が揉み手で近づいてきた。

「これはこれは八丁堀の旦那、いったい何のご用で」

「またあ、冗談はよしてくださいな。玄朴っていやあ素首を落とされた咎人《とがにん》でしょう。そんな野郎の身内に貸せる家なんぞありません」

「弟子の娘と幼子がおったであろう」

「出ていきましたよ」

「おぬしが追いだしたのか」

「おやおや、人聞きの悪い。そんな恐いお顔をされたらたまりませんぜ。こちとら大家として当然のことをしたまでだ」

込みあげる怒りを、勘兵衛はぐっと抑えこむ。

「まあよい、ふたりはどうなった」

「へへ、捨てる神あれば拾う神ありというやつで。横山町代地の金杉《かなすぎ》良《りょう》意《い》先生が引きとり、食わしてやっておりますよ」

「ほう」

金杉良意という四十男も、まったく知らぬ相手ではない。まともな治療もせずに、仲人業で稼いでいる幇間《たいこ》医者だ。

「ですがね、旦那」

善太郎が意味ありげに笑いかけてくる。

「良意先生が引きとったのは洟垂れだけ、娘は破落戸《ごろつき》どもに連れていかれましたよ」

「何だと」

「おっと、わたしが叱られる筋合いはない。あの玄朴、どうせ生前に借金でもつくっていたんでしょうよ」

玄朴のこころざしを継いだ果穂が、借金の肩代わりにされたとでもいうのか。

勘兵衛は、耳をふさぎたくなった。

「旦那、果穂は事情《わけ》ありな娘でしてね。今から二年前になりましょうか、母娘で野垂れ死にしかけているところを、玄朴に救われたのですよ」

母親はまもなく逝ってしまったが、娘のほうは助かった。爾来《じらい》、玄朴は果穂を陽太郎と分け隔てなく、わが娘のように育ててきた。

「玄朴は故郷で奥方を亡くしております。詳しいことは知りませんがね、噂では気鬱の病だったらしい。なにはともあれ、果穂は女っ気のないところへ舞いこんできたというわけで。あのとおりの縹緻《きりょう》良しでございましょう。まさに、掃きだめに鶴ですよ。わたしがみたところ、果穂は武家の娘に相違ないのだが、仕舞いまで素姓を明かしてはくれなんだ」

「果穂を攫《さら》った連中に心当たりは」

「さあ、いっこうに」

薄笑いの浮かんだ顔を、撲《なぐ》りつけたくなった。

そこをまたぐっと怺《こら》え、勘兵衛は戸口へ足をむけた。

「ちっ、罪人の身内に土産かい」

聞こえよがしに吐かれた悪態が、背中に突きささった。

鬼の形相で振りむいても、善太郎はすでに消えている。

勘兵衛は筋交いに架かる弁慶橋を渡り、東側の横山町代地に踏みこんだ。

記憶にある金杉良意とは、やたらに目端の利く鼠《ねずみ》のような小男であった。

聞くところによれば、家にはほとんどおらず、金の匂いがするところへ、ちょろちょろ顔を出しているという。

患者の脈も取らぬ幇間医者は、長屋の連中からも莫迦にされている。

良意もそれを承知しており、三日に一度は癇癪《かんしゃく》を起こすらしかった。

陽太郎はさぞや、肩身の狭いおもいをしていることだろう。

幇間医者の狙いは判然としないが、純粋な同情心から引きとったとはおもえない。

良意は木戸番と隣合う表店を借り、軒先に「看立所《みたてどころ》」と墨書きされた立派な看板を掲げていた。

「誰かおらぬのか」

呼びかけても返事はなく、やはり本人は留守のようだった。

が、薄暗い部屋の片隅に、小さな人影がひとつ蹲っている。

「陽太郎」

名を呼ぶと、人影は気怠《けだる》そうに首を持ちあげた。

勘兵衛は板間へ飛びのり、大股で暗がりをすすむ。

「う」

臭気に鼻をつかれた。

床に置かれた欠け茶碗のなかで、味噌汁《みそしる》が腐っている。

陽太郎は痩《や》せた両腕で胸を抱え、がたがた震えていた。

額《ひたい》に手を翳《かざ》すと、火が出るほど熱い。

「くそっ」

意識の朦朧《もうろう》とする陽太郎を抱きおこし、勘兵衛は背中に負ぶった。

「許せねえ」

良意のみならず、幼子を放置した長屋の連中も許せない。

罪人の子ゆえ、誰ひとり救いの手を差しのべなかったのだ。

下手に同情して手を差しのべれば、周囲から白い目でみられる。世間とはそういうものだ。腫《は》れ物には、けっして触ろうとしない。それが生きぬくための知恵だと抜かす者がいれば、勘兵衛はひとりのこらず、ひっぱたいてやりたかった。

沸騰しつつある怒りはしかし、自身への怒りでもある。

遺された者の行く末を案じながらも、放置してしまった責任は重い。

ともあれ、ここは何を置いてもまず、小さな生命を救わねばならぬ。

戸口の隙間から覗《のぞ》いている長屋の連中にたいして、勘兵衛は威嚇するように前歯を剥《む》いた。

「くそだめの貧乏人ども、出てこい、顔をみせやがれ」

めずらしくも声を荒らげ、裏木戸を抜けるや、股立ちを取る。

あとはひたすら八丁堀をめざし、後ろもみずに突っ走った。

四

丑《うし》の下刻を過ぎた。

あと小半刻もすれば、空が白々と明けてくる。

陽太郎は生死の狭間《はざま》を彷徨《さまよ》い、ぎりぎりのところで一命を取りとめた。

ほっと胸を撫でおろすみなの目は赤く、寝不足で瞼《まぶた》が腫れあがっている。

適切な処置を施した仁徳と助手の綾乃、岡っ引きの銀次《ぎんじ》と手下の三平《さんぺい》も雁首を揃えていた。

勘兵衛の口から経緯を知った綾乃は、果穂の行方を案じている。

自分より遥かに年下の娘が御殿医をめざしていたと知り、とうてい他人事《ひとごと》とはおもえない様子だった。

「くそったれ、九つの子どもをこんな目に遭わせやがって」

銀次が苦々しげに吐きすてた。「すっぽん」の異名をもつこの男は、勘兵衛の清廉さに惚れこんだ数少ない十手持ちのひとりだ。御用向きのことから庭の手入れまで、頼みもしないのに何でもやってくれる。老練な手管には定評があり、顔つきは温厚そうだが、獲物を狙う眼光は鋭い。

隣で小さくなっている手下の三平は、へっつい直しを装って小金を盗むこそ泥だった。勘兵衛に縄を打たれて重敲《おもたた》きの罰を受け、銀次の手に預けられた。平目《ひらめ》のような面をしているが、町々の抜け道を熟知しており、けっこう役に立つ。

銀次と三平は勘兵衛の指示を受け、隠密裡に玄朴の一件をあらいなおしていた。

「よくよく聞いてみりゃ、枡屋清左衛門は玄朴先生の顔をみちゃおりやせんぜ。なにせ、真夜中の出来事だったし、盗人は頬被りをしていたらしいんで」

「なら、どうして玄朴に疑いが掛かったのだ」

「枡屋のやつは薬の匂いを嗅がされ、意識が朦朧としちまったそうです」

匂いの正体は曼陀羅華《まんだらげ》（朝鮮朝顔）にちがいないと、枡屋は吟味の場で主張した。根拠がないわけではない。曼陀羅華は痛みを消しさる麻沸湯の主要成分である。

枡屋清左衛門はつい最近まで、舌下にできた拳大の蝦蟇腫《がましゅ》に悩まされていた。玄朴によって腫は無事に切除されたが、その際に麻沸湯が使用されたのだ。枡屋は玄朴から麻沸湯の詳しい説明を受けていた。

「つまり、曼陀羅華といえば麻沸湯、麻沸湯といえば小栗玄朴というわけで」

「それだけの繋《つな》がりで、罪を押しつけられたのか」

「もうひとつありやす。こっちは動かぬ証拠というやつでして」

「何だ」

「へい、枡屋は盗人に左肩をざっくり斬られやした。血まみれの床にゃ二尺二寸ばかりの錆《さ》びた刀が転がっておりやしてね、そいつが玄朴先生の差料だったとか」

「なるほど、そういうわけか」

「気になるのは、先生が縄を打たれるまでに十日も掛かったってことです。枡屋の証言は二転三転し、最後は誰かさんの思惑どおりにおさまった」

「誰かさんとは、桐野恭平のことか」

「ご名答、さすがは旦那だ。もちろん、この一件にゃ玉池稲荷の岩七も嚙んでおりやす。枡屋は、ふたりの描いた筋書きに乗せられたんじゃねえかと」

　枡屋は酒売りのほかに銭両替も商い、裏では高利貸しもやっていたという。叩けばいくらでも埃《ほこり》が出る身、言うとおりにしなければ縄を打つと脅され、証言を強要されたのかもしれない。

「しかし、玄朴に濡れ衣を着せたところで、桐野と岩七に何の得がある」

「そこなんで。どうせ金が目当てでしょうが、誰からどうやって金が流れたのか、そいつが皆目わからねえ。でも旦那、もっとわからねえのは、いったいぜんたい誰が枡屋に押しこんだのかってことです」

　銀次が首をひねるのもわかる。

　玄朴が盗人でないとすれば、真の盗人がいるはずだ。

「ところで、良意の行方はわかったのか」

「それがいっこうに。三日前から家に帰《け》えってねえらしいんで」

「果穂を連れさったやつらの正体もわからんのか」

「面目ありやせん」

　頭をさげる銀次に、仁徳がめずらしく助け船を出した。

「うぽっぽ、無理を言うな。だいいち、半日ぽっちの探索で何がわかる。それより、半刻でも寝ておけ。おぬしら、今日から忙しくなるぞ」

　疑わしい岡っ引きと同心、捏造《ねつぞう》されたかもしれない証言、行方知れずの幇間医者と娘。事態が混迷を深めるなか、誰ひとり一睡もせずに明け方を迎えた。

　鶏鳴とともに騒々しくあらわれたのは、定廻りの末吉鯉四郎である。

　六尺余りの体格にくわえ、鼻筋のとおった見栄えのする面つき、剣は小野派一刀流免許皆伝の腕前とか。歌舞伎の立役《たちやく》にも通じる華を感じさせる若者だが、どことなく陰がある。上役や同僚と上手に付きあうことができず、同心部屋でも浮いた存在なのだ。そのせいか、おなじような浮雲の勘兵衛とだけは馬が合う。

鯉四郎にもこのたびの一件は説明してあり、秘かに協力させていた。

「何かあったのか」

勘兵衛が水をむけると、若い定廻りは顔を曇らせた。

「殺しです、浅草の取りすて場で男の屍骸がみつかりました」

遊女の投げこみ寺で有名な浄閑寺の裏手、そこに焼場と火除地が背中合わせであった。

罪人を取りすてにするのは、火除地のほうだ。昨夜、見廻りの番太郎がそこで屍骸をみつけた。死後二日ほど経過しており、右腕は山狗に食いちぎられていたという。

何人かの定廻りが宿直《とのい》で数寄屋橋に詰めていた。しかし、誰もが寒風の吹く取りすて場へ足労するのを億劫《おっくう》がり、新参者の鯉四郎に検屍の指示がくだされたのだ。

「首と胴は繋がっておったのだな」

「はい」

となれば、罪人ではない。

「髪は茶筅《ちゃせん》髷です。着物は脱がされておりましたが、十徳らしき袂の切れ端がのこっておりました」

「医者だな」

「はい。例の幇間医者ではあるまいかと、人相書きをしたためてまいりました」

「よし、みせてみろ」

勘兵衛は新参者ではない。金杉良意の顔は一度しか見たことがなかったが、はっきりとおもいだすことができる。

ゆえに、人相書きを眺めた途端、膝を打った。

「こいつだ、まちげえねえ」

「やはり、そうでしたか。じつは、中着の袖にこんなものが」

鯉四郎はそう言い、別の紙切れを床にひろげた。

銀次が顔を寄せ、眉を顰《ひそ》める。

「旦那、こいつは貸付証文だ。ほら、借受人のとこに良意の名がありやす」

「貸しつけたやつの名は」

「ちゃんとありやすよ。富沢町の安吉《やすきち》……おっと、こいつは評判の良くねえ五両一《ごりょういち》じゃねえか」

「当たってみる価値はありそうだな」

安吉の本業は古着商いだが、阿漕《あこぎ》な高利貸しとしても知られていた。人殺しをも厭《いと》わぬ破落戸どもを飼っており、暴力で相手を黙らせる術《すべ》を心得ている。そうした連中に幇間医者が殺されたとしても、驚くには値しない。

「良意は何らかの理由で金を返せなくなり、五両一の連中に嬲《なぶ》り殺された。そういうことなのか」

　銀次は当て推量を口にしつつも、首をかしげてみせる。

「借入金は三十両か。良意は仲人稼業でせっせと小金を貯めこんでいた。なのに、高利で三十両を借りるとは、よほどの事情があったとしかおもえねえ」

「銀次、そいつも安吉を当たってみればわかるかもしれん」

「へい」

「ひょっとすると、安吉の乾分《こぶん》どもが果穂を連れさったのかもしれぬぞ」

「じつは、あっしもそう考えておりやした。それにしても、妙だな。金を借りたほうの袖に貸付証文があるってなあ」

「ふふ、良いところに目を付けたな」

「旦那、こいつは引っかけかもしれやせんぜ」

「ふむ、捕り方の目を安吉にむけようと、誰かが細工したのかもしれん」

「いってえ、誰でしょうね」

「きまっておろう、濡れ衣を着せるのが上手な連中さ」

「玄朴先生をはめたやつらですかい」

「たぶんな」

聞き役に徹していた鯉四郎が、空咳を放った。

「やはり、小栗玄朴は濡れ衣を着せられたのですか」

無実の罪で処刑されたのだとしたら、鯉四郎は黙っていられない。

拠所《よんどころ》ない事情からくる制御しがたい感情がある。二十年余りまえ、鯉四郎の父は幕府の勘定方を務めていた。ところが、汚職に連座した廉《かど》で腹を切らされた。直後に母も頓死し、幼い兄たちもつぎつぎに病死を遂げた。預けられた父方の祖母のもとで成長できたのは、四男坊の鯉四郎ただひとりだった。

いまだに、鯉四郎は父の無実を信じている。

それだけに、このたびの一件は捨ておけないという気持ちが強い。

ともかく、玄朴の一件と幇間医者が殺《あや》められたことは、一本の糸で繋がっている。

悪党どもの輪郭が、次第にはっきりとなりつつあった。

五

富沢町は芝居町を抜けたさき、浜町河岸の賑《にぎ》やかな往来に「安」と白抜きされた紺地の太鼓暖簾《のれん》がはためいている。

「ごめんよ、邪魔するぜ」

勘兵衛が銀次をともなって敷居をまたぐと、敵意の籠もった眸子が一斉にむけられた。目つきの良くない連中が五、六人、いつも表口に屯《たむろ》しているのだ。

「不浄役人が何の用でえ」

ひとりが脅しを掛けてくる。

銀次が、ぺっと唾《つば》を吐いた。

「この山出し者め、口の利き方を知らねえらしいな。番屋でじっくり教えてやろうか」

「ふん、葺屋《ふきや》町のすっぽん親爺か」

「おれを知ってんなら、はなしは早え。安吉を呼んでこい」

「けっ」

若い男は面倒臭そうに尻を持ちあげた。

と、そこへ、大男がのっそりあらわれた。

「ほう、自分から出てきやがった」

安吉である。

丈は六尺、横幅もあり、顔は異様にでかい。頭髪は一本も無く、砥石《といし》で磨いたような頭をしていた。

「これはこれは、すっぽんの親分、それと旦那はたしか」

「臨時廻りの長尾勘兵衛だ」

「おほっ、そうでやした、存じておりまさあ。おふたり揃って朝っぱらから、いってえ何の御用です」

「とぼけるんじゃねえ、てめえにゃ聞きてえことが山ほどあんだ」

銀次は頭ごなしに一喝《いっかつ》し、安吉の出鼻を挫《くじ》く戦術に出た。

ところが相手も海千山千、うかうかと乗ってはこない。

「じっくり聞きやしょうか。おい、てめえら、ぼさっとしてねえで茶でも淹《い》れてこい」

安吉は乾分のひとりを叱り、威勢をみせつける。

勘兵衛はひとことも発さず、一歩下がって様子見をきめこむことにした。

「まずは、こいつをみてもらおうか」

銀次は貸付証文を取りだし、安吉の鼻先に翳してやる。

「おぼえがねえとは言わせねえぜ」

「たしかに、幇間医者と交わした証文でさあ。こいつをどこで」

「浅草の取りすて場さあ、山狗に右腕を食いちぎられた良意の袖から見つけたのよ」

「殺《や》られたんですかい、あの幇間医者」

安吉は動じる風でもなく、眸子を光らせた。

勘兵衛の目でみても、白か黒かはっきりしない。

「まさか、あっしを疑っておいでじゃありやせんよねえ。でえいち、幇間医者は借金を返《け》えしたんですぜ」

「何だと」

「乾分どもに聞いてもらっても結構だ。なあ、おめえら」

頷く乾分どもの顔に、どうやら嘘はない。

良意が返済に訪れたのは、四日前の夕刻であったという。

「三十両と利息、耳を揃えて返えしてもらいやしたよ。あれだけ良い客はなかなかいねえってのに、くそっ、惜しいことをしたぜ。ともかく、あっしが殺る理由なんざ、これっぽっちもねえ……それにしても親分、ちいと妙じゃありやせんか。金を返えした野郎が後生大事に証文を抱えているなんてはなしゃ、聞いたこともありやせんぜ」

「おめえの言うとおりだ。でもよ、貸付証文ってのは返済と引換に破りすてるんじゃねえのか」

「たいていはそうしておりやすがね、本人が欲しいと言えばくれてやりやすよ」

「良意は欲しいと言ったのか」

「さあ、はっきりと憶えちゃいねえが、きっとそうだったんでしょうよ。へへ、これで疑いは晴れやしたかい」

「まあな」

「だったら、お帰《け》えりいただきやしょうか」

重苦しい空気が流れ、勘兵衛が口を挟んだ。

「まあ、待て」

ゆっくり足をはこび、上がり框《かまち》に腰を掛け、置かれた茶碗を手に取る。

出がらしの茶を啜り、おもむろに十手を抜いてみせた。

「安吉よ、おめえは盗人あがりの古着商だったな。そいつが白昼堂々、満天下の往来で阿漕な金貸しをやっていやがる。いいや、それだけじゃねえ、近頃じゃ女衒《ぜげん》の真似事もはじめたって噂だぜ」

「何を仰っておられるのやら」

「訊《き》きてえことはひとつだ、果穂を何処へ売った。正直に喋ってくれりゃ、素直に帰えってやる」

「旦那、果穂ってのは咎人の娘でやしょう。金二両のかたに貰っただけですぜ」

「二両だと、玄朴が借りたのか」

「借りたなあ、治助っていうつまらねえ棒手振りでさあ。何でも店賃が半季分滞っていたとかでね」

玄朴は治助の請人《うけにん》になっていたという。ところが、玄朴本人は盗みの咎で斬首され、治助は妻子ともども焼け死んだ。宙に浮いた二両を回収すべく、安吉は乾分どもに命じて果穂を攫ってこさせたのだ。

「旦那あ、娘にゃ気の毒だが、こればっかしゃ仕方のねえはなしでさあ。へへ、借りた金を返えすってのは、人としてあたりめえのことでやしょう。たとい、死人でも例外はなしですぜ。旦那もおわかりのとおり、これが世の中の仕組みってやつだ」

「ふん、偉そうにほざきやがって」

「おや、暢気が取り柄の旦那らしくもねえな。首を斬られた咎人の身内の肩を持とうってんですかい。ねえ、うぽっぽの旦那」

「おめえ、たった二両のかたに取った娘を、いくらで売りとばした」

「そいつは言えやせん。口に出したら、この筋で食っていけなくなっちまう。旦那方にゃ、ずいぶん袖の下をお渡ししているつもりなんですがねえ」

「ほほう、たとえばどいつにだ。定廻りの桐野あたりか」

一瞬、安吉の顔に動揺が走った。が、すぐに立ちなおる。

「そういや、数寄屋橋にひとり、袖の下も目こぼし料も受けとらねえ奇特な旦那がいるらしい。おおかた、よほどのお人好しか、役立たずにちげえねえ。へへ、不浄役人たあ呼ばずに、腑抜《ふぬ》け役人とでも呼んだほうがいいってね、そんな噂を小耳に挟んだことがありやすが、まさか、旦那のことじゃござんせんよねえ」

廻り方で袖の下を拒むものは、まずいない。拒めば上司に疎《うと》んじられ、同僚には阿呆《あほう》扱いされる。しかも、安吉のような悪党にまで莫迦にされてしまうのだ。

勘兵衛は皮肉を受けながし、静かな口調で質した。

「もういちど訊く、果穂を何処へ売りとばした」

「だから、言えねえんですよ。旦那あ、あんまりしつけえと、あとで後悔しやすぜ」

「ほほう、どう後悔するって」

勘兵衛は袖を振り、無造作《むぞうさ》に十手を突きだす。

　鈍い音とともに、鉄の塊が鳩尾《みぞおち》に食いこんだ。

「うっ……く」

　安吉は蹲り、声も出せない。

　乾分どもが、色めきたった。

「がたがた騒ぐんじゃねえ」

　勘兵衛は腹の底から怒声を発し、十手で安吉の肩を押さえつける。

「こいつの脳天をかち割ってやろうか」

　躙《にじ》りよる乾分たちを、震える手がとめた。

　安吉が顔をあげ、苦しげに呻《うめ》いてみせる。

「き……喜久野屋《きくのや》だ」

「喜久野屋」

「ち、千鳥橋を渡ったさきの……お、置屋《おきや》さ」

「そこに果穂がおるのだな」

「た、たぶん」

　勘兵衛は十手を仕舞い、ひらりと土間に飛びおりた。

　乾分どもは手が出せず、口惜しげに睨みつけている。

「銀次、行くぜ」

「へい」

「ちょ……ちょっと待ってくれい」

安吉は禿頭《とくとう》に玉の汗を浮きたたせ、必死に呼びかけてきた。

勘兵衛は足をとめ、首を捻《ねじ》りかえす。

「何だ」

「ふうっ、息が詰まったぜ」

「そいつはよかったな」

「おめえさん、ただ者じゃねえな」

「用件を早く言え」

「おれはよ、なめくじと不浄役人が死ぬほど嫌《きれ》えでな。旦那がへっぽこ同心なら、置屋の名は吐かなかったさ。旦那は臓腑を痛めねえように力を加減した。簡単にみえて、なかなかできることじゃねえ」

「だから何だ」

「娘を早く助けてやんな、身請代はこっちにまわしてくれりゃいい」

「悪党にしちゃ、はなしがわかるじゃねえか」

「勘違いしてもらっちゃ困る。おれは旦那に恩を売った。いつか、倍にして返えしてもらう。へへ、そんな日も来るだろうさ」

「あんまり期待せぬほうがよいぞ」

「期待なんかしてねえよ」

安吉は笑い、勘兵衛も笑った。

悪党にも筋の通った男はいる。

何となく良い気分になり、堀川に架かった千鳥橋へむかった。

「旦那、あっしはここで。ちと調べてえ野郎がおりやすんで」

「玉池稲荷の岩七か」

「ふふ、何でもお見通しなんだから」

銀次とは千鳥橋の手前で別れた。

橋を渡ったさきが「喜久野屋」のある橋町である。

六

置屋の女将《おかみ》は、名を菊恵《きくえ》といった。

年は四十路《よそじ》、柳橋の看板芸者だったらしく、渋皮《しぶかわ》の剝けた良い女だ。気性がはっきりしていて、抱え子の面倒見も良い。粋《いき》や婀娜《あだ》の真髄も知っている。うっかりすると、惚れてしまいそうな女だった。

勘兵衛はひととおり事情を説明し、出された煎茶を美味そうに啜った。

菊恵は朱羅宇《しゅラウ》の煙管を手に取り、やたらに紅い唇で吸い付けて寄こす。

「おひとつ、いかがです」

「お、すまぬ」

帳場も兼ねた六帖間の煤《すす》けた天井に、紫煙がゆっくりと立ちのぼった。

「承知いたしました。果穂はお返しいたしましょう」

「そうかい、ありがとうよ。こいつは土産だ」

勘兵衛は、気恥ずかしそうに紙包みを押しやった。

「いい匂い、田楽ですか」

「ああ、ほっくりと煮た南京も付けといた。みんなで食べてくれ」

「頂戴いたしますよ。うふふ、旦那は気配り上手ですねえ。江戸女の好物は芋栗南京って相場はきまっております。なかでもわたしは、南京がいっとう好きなんですよ」

「そいつはちょうど良かった。ところで、果穂はどうしたい」

「ちょいと、三味線のお稽古に」

「ふうん」

喜久野屋の抱える芸妓は、請われれば客と枕をともにする。だが、何よりもまず、酒席を盛りあげるための三味線や踊りといった芸事を厳しく仕込まれた。近頃は客の目も肥えているので、質の高い芸妓を抱えた置屋でなければ生きのこっていけないらしい。

「正直、惜しいことをしましたよ。あの娘は十年にひとり出るか出ないかって器です。ええ、仰るとおり、武家出身の娘にまちがいない。琴も三味線もある程度は習っておりましたからねえ。みてくれの良い娘ならいくらでもおりますが、あれだけ肝の据《す》わった娘はざらにはいない。さすがに、御殿医をめざしていただけのことはある。ちゃんと精進すれば、この道でてっぺんまで行けたかもしれないのに、残念でたまりませんよ」

「女将、ちと聞きにくいはなしだが」

「何です」

「果穂に客を取らせたのか」

「ほほほ、ご心配にはおよびませんよ。あの娘はだいじに育てようとおもいましてね、お座敷に出してもいませんから」

「そっか」

「ほっとなされましたか。何だか、じつの父親みたいですねえ」

「よしてくれ」

「旦那の綽名《あだな》、うぽっぽって仰るんでしょう」

「誰に聞いた」

「旦那の評判をちょいと小耳に挟んだんですよ。何でも、京の島原遊郭から足抜けしてきた女郎を匿《かくま》い、請人になってやったそうじゃありませんか」

「おこまのことか。そこまで詳しく知っているなあ、おふうしかおらぬ」

新川河岸にある居酒屋「浮瀬《うかむせ》」の女将だ。

「図星ですよ。おふうちゃんとは姉妹も同然の仲でしてね。旦那は湯上がりのようなさっぱりしたお顔で、いつも浮瀬にあらわれなさるとか」

「おふうがそんなことまで」

「ええ、わたしには何だって喋ってくれます。旦那は飄々としているようにみえるけど、いざとなればしゃんとする。知らんぷりをきめこみながら、困った者には救いの手を差しのべてやる。たとい、それが咎人であっても、情にほだされれば救ってやる。そんなおひとなんだと、おふうちゃんは言っておりましたよ」

「余計なことを」

「ちょいとお酒がはいったときの他愛ないお喋りです、大目に見てやってくださいな。うふふ、人が悪に染まるにゃ、それなりの理由がある。それが旦那の口癖なんでしょう。いちど、お聞きしてみたかったんですよ。八丁堀の旦那が御法度《ごはっと》を破ってまで人を救う。それって、なぜなんです」

「世の中にゃな、御法度で裁ききれねえことが山ほどある。そいつをどうにかしねえことにゃ寝覚めがわるい。それだけのことさ」

「なるほどねえ、おふうちゃんが惚れるだけのことはありますよ」

「ん、今何て言った」

「ふふ、こっちのおはなし。おふうちゃん、旦那のはなしをした晩はきまって深酒になっちまうんです。いくらがんばっても、旦那の心は奪えないってね」

「何だそりゃ」

「失踪なされた奥様のことですよ。ふと、気づくと、旦那はいつも淋しそうな顔をしていなさる。それはきっと、奥様のことを思いだしているからだって、おふうちゃんは泣くんですよ」

気持ちがぐらぐらしはじめた。自分が名付け親でもある「浮瀬」へは、三日に一度は通っている。居心地がよいだけでなく、おふうの気質に惚れているからだ。

「あらいやだ、昼の日中からお喋りが過ぎちまいましたよ。旦那、おふうちゃんのはなしは聞かなかったことにしてくださいな」

「ああ、わかったよ」

聞かなかったことにできれば、世話はない。

お喋りな女将が、何やら恨めしくおもえてきた。

そこへ、木履《ぼっくり》の音が聞こえてきた。

「ほら、帰ってきましたよ」

引き戸が開き、着飾った芸妓たちがはいってくる。

果穂の顔もあった。薄化粧だが、縹緻の良さは際立っている。

「ほほう、ずいぶん大人びてみえるな」

「娘ってのは、何にでも化けることができるんです」

女将は朗らかに笑い、果穂を呼びよせた。

勘兵衛に面と向かっても、薄化粧の娘はきょとんとしている。

「お忘れかい。こちらの旦那は南町奉行所の長尾勘兵衛さまだよ」

「あ」

「やっとおもいだしたな」

果穂は驚くと同時に、顔をしかめて俯いた。

処刑された玄朴のことをおもいだしたのだ。

「暗い顔はおやめ、こちらの旦那は救いの神さ。さあ、何処へなりとでも行くがいい」

「え」

「望みどおり、努力してお医者になるんだね。お聞きしてごらん、長尾さまのお嬢さまもお医者さまなんだよ」

「ほ、ほんとうですか」

「まだ医者のたまごさ。表店に住む金瘡医を手伝っておる」

果穂は、子鹿のような瞳をきらきらさせた。

「さあ、いっしょにまいろう。陽太郎も待っておる」

「え、陽太郎に会えるんですか」

果穂は涙ぐみ、洟水を啜りあげた。

女将が気を利かせて、席をはずす。

勘兵衛は果穂に、幇間医者の金杉良意が殺められたことを告げ、治助親子が浅茅ヶ原の阿弥陀堂で焼け死んだ件も教えてやった。

果穂は何ひとつ知らず、ことに、治助親子の死については強い衝撃を受けていた。

「治助さんのところの健《けん》坊はまだ五つで、わたしも陽太郎も弟同然に可愛がっておりました。健坊のおっかさんは何年もまえから胸を患っていて、ほとんど寝たきりだったものですから、治助さんが三日に一度はお薬を取りにいらっしゃいました。玄朴先生はどんなに夜遅くなっても、翌朝、おみえになる患者さんのためにお薬をつくっておかれるのです」

夜中に目を醒《さ》ませば、薬研《やげん》を擦《す》る音がいつも聞こえたと、果穂は遠い目でつぶやく。

「ある晩、近所の四つ辻でみてはいけないものをみてしまったのです。只同然で手に入れたお薬を、治助さんは誰かに売っていた。施療所へ取ってかえし、そのことを先生に言いつけました。口惜しかったんです。健坊のおっかさんのために、先生が丹誠込めてつくったお薬を、あんなふうにお金に換えるなんて。とうてい許せませんでした。でも、先生はにっこり笑って諭《さと》されたのです。治助は薬を売った金で遊ぶわけではない。健坊に美味いものを食わせるため、切羽詰まってやったことだ。だから、許してやれと」

勘兵衛は宙をみつめ、玄朴の人となりに想いを馳せた。

もっと早くに出会っていたら、土壇場へ追いこまずに済んだかもしれない。

かえすがえすも、そのことが悔やまれた。

「果穂、ひとつ教えてほしいことがあるのだが」

「はい」

「富沢町の安吉は知っておるな、おぬしをここに売った野郎だ。治助は安吉から二両借りるのに、玄朴どのを請人に立てたと聞いた。なぜ、玄朴どのはそこまで治助の面倒をみてやったのだろうな」

「もう二ヶ月もまえのおはなしです。その二両がなければ長屋を逐《お》われ、一家三人路頭に迷うしかない。治助さんは泣きながら訴え、仕舞いには土下座までされて、それで先生は仕方なく同意してしまったのです」

　とどのつまり、借りた二両は大家の手に渡らず、治助が何かに使ってしまった。おおかた、労咳の特効薬である人参でも買ったのだろう。玄朴の調合した薬にも人参はふくまれていたはずだが、高価な薬材だけに微量だったにちがいない。

が、いずれにしろ、たった二両のせいで、果穂は売られてしまったのだ。

「良意はなぜ、陽太郎を引きとったのかな」

「あのお方は、玄朴先生を妬《ねた》んでおられました」

　患者は良意の表店を素通りし、みな、玄朴の施療所へやってくる。良意自身が酔っぱらって前後不覚となり、長屋の連中に担がれてきたこともあったらしい。

「何度かありました。そのたびに玄朴先生から懇々と諭され、あのお方はいつも項垂《うなだ》れてお帰りになられた」

「それで恨みを募らせたか、逆恨みもいいとこだな」

「じつは一度、玄朴先生のお刀が盗まれたことがありました。わたしはてっきり良意さんが悪戯《いたずら》半分でお隠しになられたとおもい、返してほしいと掛けあったところ、とんでもない剣幕で怒られてしまいました。そのときが最後です。そのとき以来、あのお方は施療所に顔もみせなくなった」

玄朴の刀が盗まれたと聞き、勘兵衛は膝を乗りだした。

「それで、刀はどうなった」

「何日か経って、治助さんが携えてこられました。稲荷の祠《ほこら》に捨ててあったと申され」

ちがうなと、勘兵衛は直感した。

治助は出来心で刀を盗み、迷ったあげく返しにきたのだ。

「つかぬことを聞くが、治助は天秤棒を担いで何を売っておった」

「笊《ざる》です。でも、夏の一時期だけは定斎屋《じょさいや》をやっておられました」

「定斎屋か」

暑気あたりの薬を天秤棒に担いで売り歩く商売だ。当然、薬には詳しい。曼陀羅華の効能も知っていたにちがいない。

ひょっとしたら、治助が枡屋の帳場から金を盗んだのかもしれない。

勘兵衛は果穂にむかって微笑みながらも、目まぐるしく頭を回転させていた。

七

地蔵橋のそばに聳える南天桐は掌《てのひら》よりも大きな葉を落とし、真っ赤に熟した葡萄《ぶどう》のような房の実を付けた。近頃では百舌ではなく、夕刻になるときまって鶸《ひわ》の群れが訪れる。胸の黄色い真鶸で、今日はめずらしく、群れから離れたつがいの真鶸だけが梢《こずえ》にとまっていた。

果穂は、元気を取りもどした陽太郎と再会することができた。

午後からは綾乃に連れられて地蔵橋のあたりを散策し、ちょっと足を延ばして夕河岸へ買いだしに出掛ける相談もまとまった。

三人が屋敷から居なくなると、勘兵衛たち残った四人はさっそく縁側で車座になった。

「気の小せえ治助に、盗みなんぞはたらけたんでしょうかねえ。しかも、恩人の玄朴を裏切ってまで」

銀次も鯉四郎も、首をかしげている。

仁徳だけは「治助が盗ったのさ」と、あっさり吐きすてた。

「背に腹は代えられぬ、生きぬくためにゃな。だいいち、義理や恩義なんてもんが食えるか。所詮、食えるのは米粒だけよ。玄朴も治助が盗ったと気づいたのさ。たぶん、刀の一件あたりから確信したのじゃろう。ゆえに、敢えて反論もせず、罪を背負ったのじゃ。うぽっぽ、そうはおもわぬか」

「仰るとおり、玄朴は哀れな棒手振り親子を救うため、みずからの命を投げだした。おもうに、下館藩を逐われたときから、命など惜しくなかったのかもしれません。恩をかけた相手に裏切られたのは、自分が医者としても人間としても至らないせいだと、そう考えたのかもしれない」

罰を甘んじて受け、最後は清々《すがすが》しい気持ちで土壇へむかおう。

今にしておもえば、玄朴の横顔はそんなふうに語っていたような気もする。

自分の汚名を晴らそうとすれば、誰かの罪を暴露しなければならない。それだけはできなかった。玄朴は、生きざまに筋を通したかった。黙然と潔く死を受けいれることで、医者としての誇りを守ろうとしたのだ。

「ただし、玄朴にも見抜けなかったことがある」

勘兵衛の指摘に、銀次が食いついた。

「何でやすか、そいつは」

「枡屋の一件は、治助がひとりでやらかしたとはおもえぬ。尻を掻いた野郎がいるってことさ」

「良意ですかい」

「ふむ、治助は良意が描いた絵に乗せられたのだろう。良意は逆恨みから、どうしても玄朴を葬りたかった」

「それで盗みの濡れ衣を。まったく、ひでえ野郎だぜ」

良意の目当ては金ではない。玄朴を葬ることができれば、どんな方法でもよかった。

一方、治助はまとまった金が欲しかった。女房の病気を治すには高価な人参がいくらでも欲しいし、五つの健太《けんた》を食わしていかねばならない。得手勝手な貧乏人の理屈だが、崖っぷちに追いつめられた者に良い思案など浮かぶはずもなかった。

双方の思惑が一致し、盗みが実行された。

さらに、良意が陽太郎を引きとったのは世間の目を欺くためだったと、勘兵衛は指摘する。

「ところが、幇間医者も殺られた。いったい、誰に殺られたのか。金の流れを追えば、おのずと炙《あぶ》りだされてくる」

「金の流れねえ」

「治助は二ヶ月ほどまえ、安吉から二両を借りた。枡屋を襲うまえのはなしだ。そして枡屋の一件のあと、こんどは良意が安吉から三十両を借りた」

良意は治助の紹介で安吉を知ったのだろう。だが、盗み金を山分けしていたはずだし、金に困っている様子もなかった。それなのに、なぜ、わざわざ高利貸しから金を借りる必要があったのか。

「誰かに強請《ゆす》られていたのかもしれねえ」

「銀次、強請るとしたら、誰だとおもう」

「枡屋の一件は良意と治助の仕業だと、容易に見破ることができた野郎でしょうね」

「そいつは、おめえが調べてきた野郎さ」

「繋がりやしたぜ。岩七のやつ、先だって表通りの空店を借りやしてね、女房に髪結床をやらせるらしいんだ」

空店の借り賃に髪結床の利権、それだけでもかなりの仕度金は必要だ。

「なるほど、急に羽振りが良くなったというわけか」

「へい」

「どう読む、鯉四郎」

ふいに水をむけられ、鯉四郎は口をぱくつかせた。

が、すぐに自分を取りもどし、存念を喋った。

「岩七は枡屋の一件を調べるうちに、良意と治助が怪しいと睨んだ。良意を呼んで質してみると、案の定、小栗玄朴をはめるための仕掛けだとわかった。持ちかけたのはどちらかわかりませんが、岩七は盗み金を横取りし、玄朴に濡れ衣を着せる手助けをしたのではないでしょうか」

枡屋の一件では、盗み金の行方という肝心な点がはっきりしていない。実際のところ、たいして厳しい追及もなされなかったらしい。

「無論、岩七ひとりで危ない橋を渡るのは困難です」

定廻りの桐野恭平も嚙んでいるにちがいないと、鯉四郎は強調する。

「罪に問わぬことと引換に、盗み金は桐野と岩七の手に渡った。つまり、治助はやり損だったというわけです」

「良意が安吉に借りた三十両はどう説明する」

「それも、桐野と岩七の手に渡ったのではありませんか」

「いいや、ちがうな。良意は三十両をすぐに返済した。借りた金に利息だけ付け、そっくりそのまま返したのだ」

「なぜ、そのようなまわりくどいことを」

「妙だなと、良意自身もおもったはずだ。なにせ、自分の意志で借りたわけではない。岩七に命じられ、仕方なく借りさせられたのさ。ところが、借りた途端、すぐに返せと命じられた。どうしてだとおもう。それはな、すべて、例の貸付証文を手に入れるための小細工だったのさ」

桐野と岩七は貸付証文を入手すべく、良意に金を借りさせた。阿漕な商売をやっている連中であれば、借り先は何処でもよかった。偶《たま》さか白羽の矢が立った相手に、殺しの濡れ衣を着せればいいと、そう考えたのだ。

「では、最初から良意を消す腹であったと、長尾さまはお考えですか」

「良意だけではない、治助一家もそうだ。事情を知る者はみな、抹殺する。それがやつらの遣り口だ。ただし、誤算がひとつ生じた」

「はて、どのような」

「わからぬか、鯉四郎。おぬしさ」

「え」

「おぬしが良意殺しの現場へ駆けつけ、貸付証文をみつけてしまった。おそらく、桐野はみずから馳せさんじ、証文を回収する腹だったにちがいない」

それを動かぬ証拠と称し、安吉をしょっ引いてしまえば、あとは何とでもなる。

「なにせ、吟味方与力は忙しすぎるからな」

ひとつひとつの案件を懇切丁寧に吟味する余裕などない。自然、捕縛された者の口書きや同心の記した添え書きを信じるしかなくなる。

「なるほど」

「ま、狡猾《こうかつ》な桐野のことだ。安吉を強引にしょっ引くかもしれぬ。もっとも、そうなったら、やつらの罪は証明されたも同然だ」

「まったくですね」

「どっちにしろ、十手を預かる者が死んでもやってはならぬことをした。この報いはきっちり受けさせなきゃならん」

「はい」

鯉四郎の凜々しい返事を聞き、勘兵衛は満足げに頷く。

こほんと、空咳が放たれた。

仁徳である。

「横から口を挟んでわるいが、事はそう容易ではないぞ。なにせ、枡屋の一件は天下の白洲で裁かれ、落着しておるのじゃからな。相撲のように行司差しちがいで取りなおし、というわけにゃいかねえ。しかも、玄朴という善人をひとり死なせておる。真相が露顕いたせば、吟味方与力の宗像弥右衛門は御役御免となろう。宗像は南町奉行所のなかでは骨のある男、失うのはちと惜しい気もする」

それは、勘兵衛も考えたことだ。

吟味方与力どころか、下手をすれば、奉行の根岸にも累は及びかねない。

「うぽっぽよ、うかうかしてはおられぬぞ」

宗像弥右衛門は、必死で保身に走るだろう。

上から圧力を掛けられたら、どう応じるべきか。

事と次第によっては、与力と刺しちがえる覚悟もいる。

「正義を貫くってのは難しいことよのう、ぶはは」

大口を開けて嗤《わら》う仁徳の台詞が、ずっしりと重く感じられた。

八

桐野恭平と岩七の動きは素早かった。

その夜のうちに、富沢町の安吉が捕まったのだ。

三平からの連絡で、安吉は玉池稲荷の自身番に留めおかれていると知り、明け方、勘兵衛は銀次と鯉四郎をともなって神田へ急いだ。
まだ明け六つの鐘も鳴っておらず、往来は靄《もや》につつまれていた。

安吉は玉池稲荷の自身番で痛めつけられたあと、南茅場《みなみかやば》町の大番屋で与力の取調を受けることになる。そのあたりは桐野が上手に誘導し、口書きを取る腹にちがいない。

安吉は高利貸しにしては骨のある男だ。ちょっとやそっとのことでは口を割るまい。
だが、吟味は厳しい。陰湿な責め苦をともなう。耳もとで脅し文句なども囁《ささや》かれる。女房子どもがどうなっても知らぬぞと囁かれた途端、心が挫けてしまった悪党を大勢知っている。

勘兵衛は牢屋敷を横目で眺めて北へ抜け、玉池稲荷のそばまでやってきた。

表通りを挟んだ小泉町に、岩七の拠《よ》る自身番はある。

何処の町でも見掛ける九尺二間《くしゃくにけん》の狭い小屋だ。

屋根には半鐘を鳴らす物見台、駒繋ぎ柵の内には、突棒《つくぼう》、刺股《さすまた》、袖搦《そでがら》みの三道具が飾られ、左三尺の板壁には、纏《まとい》、提灯、鳶口《とびぐち》といった火消道具が常備されている。表戸は腰高障子の引違えで、一枚には「自身番」と書かれ、もう一枚には「小泉町」とあった。

敷居をまたげば三尺張りだしの式台、三和土《たたき》には玉砂利が敷かれ、上がり框のむこうは畳の三帖間になっている。平常《ふだん》は、家主、番人、店番の三人が詰めているが、みな、岩七に追いだされたはずだ。

板戸で区切られた奥は、三帖大の板間になっている。

殺風景な窓の無い部屋。壁面も板張りで、中央に鉄環がさがっている。

安吉は手鎖を塡《は》められ、鉄環に繋がれていることだろう。一晩中《よっぴて》責め苦を与えられたにちがいない。底意地の汚い岡っ引きどもは顔を撲らず、腹を蹴る。じわじわと臓腑を痛めつけるのだ。

耳を澄ませば、安吉の呻きが外まで聞こえてくるようだった。

「邪魔するぜ、岩七はいるかい」

銀次がまず敷居をまたぎ、奥に声を掛けた。

閉めきった板戸のむこうから、濁声《だみごえ》が返ってくる。

「誰でえ」

「葺屋町の銀次だ」

「すっぽんの親爺か、何の用でえ」

「いいから、ここを開けろ」

「帰えってくれ、おめえの相手をしている暇はねえ」

「桐野の旦那はどうしたい」

「こんな薄汚《うすぎたね》え小屋にいるはずがねえだろう」

「まあ、いいや、勝手にあがらしてもらうぜ」

「だめだ、入《へ》えってきたら、ただじゃおかねえぞ」

「ほほう、どうする気か教えてほしいもんだな」

　銀次は十手を抜き、勘兵衛と鯉四郎も敷居をまたいだ。

　玉砂利を踏みしめる複数の跫音《あしおと》を聞き、岩七が乱暴に板戸を引きあける。

「この野郎……あっ」

　鬼のような形相が、驚きの表情に変わった。

　後ろ手に閉められた板戸の奥では、項垂れた安吉が鎖に繋がれている。右手首に手鎖を塡められたまま吊りさがり、床に尻をつけられない状態のようだ。

　蒼《あお》褪《ざ》めた岩七の顔は、返り血を浴びていた。安吉の鼻血か何かだろう。

「だ、旦那方、いってえ何です」

「そいつはこっちが聞きてえな」

　銀次が怒ったように応じた。

「岩七、おめえ、何やってんだ」

「何をって、殺しの下手人を可愛がってんのさ」

「医者殺しのか」

「そうだよ」

「だったら、こっちが先約だ。安吉を渡してもらおうか」

「莫迦言ってんじゃねえ」

「ふっ、そいつは末吉の旦那に言ってんのかい。医者殺しの探索は、末吉鯉四郎さまが一番手だ。勝手に動かれたら困るんだよ」

「桐野の旦那に言ってくれ、おいらは旦那の指示で動いてる」

「四の五の言わず、安吉を渡しな」

「だから、無理なんだよ。勝手にこいつを渡しちまったら、おいらは十手を取りあげられちまう」

「嘘を吐くな、おめえは桐野の旦那と一蓮托生だろうが」

「親爺さんよ、言ってる意味がわからねえな」

岩七は厳ついからだを揺すり、板戸のまえに立ちふさがった。

「埒《らち》が明かぬ、銀次、どいてくれ」

鯉四郎が吐きすてて、雪駄のまま畳にあがった。

「な、何をしゃがる」

「うるせえ、邪魔するな」

岩七の胸倉をつかみ、鯉四郎は猛然と捻りあげた。

巨漢だけに、膂力《りょりょく》も並はずれている。

「く、苦しい……は、放してくれ」

「手鎖の錠を出せ」

「わ、わかったよ」

鯉四郎は岩七を脇に投げ、板戸をがらっと引きあけた。

壁に吊りさがった安吉が、虚ろな眼差しをむけてくる。

床に抛《ほう》られた錠を拾い、鯉四郎は手鎖を解いてやった。

安吉のからだが、どさっと板間に落ちる。

「うっ」

起きあがろうとしても、うまくいかない。

腕で腹を抱え、芋虫のように這《は》いずりだす。

やはり、よほどの責め苦を与えられたようだ。

「ち、ちくしょう……う、蛆虫《うじむし》野郎め」

安吉は岩七にむかって血痰を吐き、蹌踉《よろ》めきながらも立ちあがった。

鯉四郎と銀次に両腕を支えられ、上がり框から玉砂利に降りたつ。

岩七は仁王立ち、狂犬のように吼えたてた。

「てめえら、おぼえていやがれ」

勘兵衛は聞きながし、袖をひるがえす。

外へ出ると、安吉が萎《しな》びた禿頭を深々とさげた。

「旦那……す、すまねえ」

「ふん、礼なんざいらねえよ、これで借りは返えしたぜ」

勘兵衛は疳高《かんだか》く言いはなち、すたすたと後ろもみずに歩きだした。

九

三日後。

勘兵衛に呼びだしが掛かった。

――日が落ちたら隠密裡に訪ねてこい。

という伝言は、内与力の口から囁かれたものだ。

日没と同時に、勘兵衛は鎌倉河岸を北西へ抜け、駿河台《するがだい》の御屋敷町へむかった。

観音坂《かんのんざか》に胸突坂《むなつきざか》、甲賀坂《こうがざか》に唐犬坂《とうけんざか》、坂の多い起伏に富む高台の一角へ踏みこむ。めざす屋敷は、千代田の御城と対峙《たいじ》するかのごとく、堅牢な棟門を構えていた。

南町奉行、根岸肥前守鎮衛の邸宅である。

一介の臨時廻りが奉行の邸宅へ呼びだされることは、よほどのことでもないかぎり、まず考えられない。

勘兵衛は根岸に器量を買われており、じつは、秘かに目を掛けられていた。しかし、特別な案件があるときは、たいてい、根岸みずから葺屋町の「福之湯《ふくのゆ》」へ顔を出す。「福之湯」は銀次が女房のおしまにやらせている銭湯で、女湯の脱衣場には勘兵衛の刀掛けが置いてあった。

銀次もおしまも、ふらりとやってくる老人の正体を知らない。

根岸は背中に不浄除けの神として知られる烏枢沙摩《うすさま》明王の彫り物を背負っている。ゆえに「薊《あざみ》の隠居」で通っていた。

齢六十八にして奉行在位七年目、裸になってみればわかることだが、筋骨隆々としており、脳味噌も萎びてはいない。勘兵衛が背中を流してやると、ぽつりと難事件のはなしをはじめたりする。文字どおり、これまでは裸同士の付きあいだけで、邸宅に呼ばれたことなど一度もなかった。

棟門を見上げただけでも、無言の圧力が掛かってくる。

勘兵衛は潜り戸を抜け、見知らぬ用人の案内で奥座敷へ通された。

そこは茶室のように狭い部屋で、雪見障子のむこうには庭がみえる。

石灯籠の明かりがひとつ灯っており、庭木の枝影を海鼠塀《なまこべい》に映していた。

部屋のなかをみまわせば、正面に床の間があり、軸には「天網恢々疎《てんもうかいかいそ》にして漏らさず」という老子のことばが大書されている。

そして、床柱に架かった胡麻竹《ごまだけ》の花入れには、蕾《つぼみ》を頑《かたく》なに閉じた笹りんどうが一輪、投げいれてあった。

大胆にして繊細、いかにもそのあたりが根岸の趣向らしく感じられ、ふっと肩の力が抜ける。

——たん。

添水《そうず》が鳴り、音もなく襖《ふすま》が開いた。

衣擦れをさせた若い用人が、黒漆地に箔《はく》を鏤《ちりば》めた蝶足膳《ちょうあしぜん》をはこんでくる。

蝶足膳には燗酒の銚子が一本、ほかに笊盛りの蕎麦《そば》と付け汁が置かれている。

ごくっと、勘兵衛は生唾を呑んだ。

するとそこへ、根岸が風のようにあらわれた。

髪は染めているのか、海苔《のり》を貼ったように黒々としており、眼差しはあいかわらず涼しげだ。

頬や顎《あご》に肉襞《にくひだ》が垂れているということはなく、むしろ、引きしまっている。目尻や唇《くち》もとの深い皺は人生の年輪を感じさせるものの、どう眺めても老いとは無縁の人物にしかみえなかった。

外見に輪を掛けて、べらんめえな口調がまた若々しい。

「浮かねえ面だが、どうしたい。風邪でもひいたのか」

「いいえ」

「酒は下り物の富士見酒、蕎麦は深大寺から取りよせた新蕎麦よ」

根岸はみずからの膳もはこびこませ、さっそく手酌で一杯呑んだ。

「ぷはあ、うめえ。これでこそ、生きている甲斐があるってもんだぜ。ほれ、おめえも勝手にやれ」

「は」

勘兵衛は迷ったすえ、膳を横に押しやって片膝を立てた。

「おっと、気遣いは無用だ。芸者ならいざ知らず、くたびれた臨時廻りに注がれても美味かねえや。ほれ、蕎麦を食え、腹が減っちゃはなしもできめえ」

「は」

面食らいながらも、勘兵衛は言うとおりにした。

初物の新蕎麦を啜り、荒海で揉まれて良い加減に醱酵《はっこう》した灘《なだ》の新酒を嗜む。

これほどの贅沢はなかったが、正直、味はほとんどわからない。

「長月は色取《いろどり》月とも言うらしいが、今年の紅葉はちいと遅れているようだ。もみじの替わりに、りんどうを摘んできたぜ。橋場の浅茅ヶ原までちょいと足を延ばしてなあ」

「え、浅茅ヶ原へ行かれたのですか」

「ああ、黒焦げになった阿弥陀堂を眺めてきた。おめえも行ったんだろう」

「はい」

「どうだった」

「あれは火付けです」

「親子三人の悲鳴が聞こえてきたかい」

鷹のような眼光で射貫かれ、勘兵衛は押し黙った。

「人をあんなふうに殺めるやつは許しちゃおけねえ。なあ、うぽっぽ、おめえもそうおもったはずだぜ」

「はい」

「でもよ、不浄役人の罪が表沙汰になりゃ、世間様へのしめしがつかねえや。どうでえ、そこんところを、じっくり考えてみねえか。正直に言やあな、おれはもうちっと奉行をやりてえのよ。せめてあと二年、七十の大台に乗るまではなあ。今辞めたら、これまでやってきたことがみいんな中途半端に終わっちまう。なあ、うぽっぽ、おめえなら、わかるだろう」

　勘兵衛は返事をせず、ただ頭を垂れた。

　最初から、意地を通せぬことはわかっている。通してはいけないことも理解してはいるのだが、素直に聞き入れることができない。

「ふっ、強情なやつめ。おもったとおり、腹の虫がおさまらねえらしい。吟味方与力の宗像弥右衛門にゃ辞めてもらう。内々で隠居を申しわたしてきたぜ」

「げっ、まことですか」

「仕方ねえじゃねえか。吟味不手際で罪もねえ人間を土壇へ送っちまったんだからなあ。宗像を隠居させたところで、小栗玄朴の名誉が回復されるわけじゃねえ。が、おれにゃ、玄朴がそいつを望んでいるのかどうか、いまひとつわからねえのよ」

　たしかに、根岸の指摘には一理ある。

　玄朴の名誉が回復されると同時に、治助の罪は白日の下に晒《さら》されるのだ。

それを、故人が望んでいるのかどうか。

おそらく、望んではいまい。

だからといって、真実を覆いかくしてよいものか。

勘兵衛には、わからない。

「知っている者だけが知っていりゃいい。玄朴も草葉の陰で、きっとそうおもってくれているはずさ。うぽっぽよ、これで手を打ってくれい」

根岸は両肘を張り、かくんと頭をさげた。

「お手を、おあげくだされ」

「わかってくれたのけえ」

「はい、ただし、どうしても許せぬやつらがおります」

「おう、そうだったな。そいつらの始末は、おめえに頼むしかねえ」

「よろしいのですか」

一瞬の沈黙ののち、根岸は溜息を吐いた。

「よろしいもなにも、往来で他人様の邪魔になる芥《あくた》を始末するのに、いちいち奉行の許しを取ることたあねえさ」

「は」

勘兵衛は両手をつき、畳に額を擦りつけた。

「やめな、おめえが手をつくことはねえ。ほれ、みてみ。胡麻竹に挿《さ》してあんのは笹りんどうだぜ。葉っぱが笹に似ているのよ。笹りんどうってやつはよ、秋草が枯れたころにぽつんと咲きやがる。しかも、日の当たるときだけ咲いて、あとはこんなふうに、じっと蕾を閉じていやがるんだ。いつ咲くか、いつ咲くか、そうやってみる者に期待を抱かせ、仕舞いまで咲きやしねえ。ふん、おもわせぶりな花さ」

　根岸は盃を取り、冷めた酒をすっと呷った。

「根を嚙めば、舌が痺《しび》れるほど苦《にげ》え。うぽっぽ、何やら、おめえに似ているぜ。ふっ、りんどうってなあな、下館藩二万石の家紋さ。年若い殿様は生来の病弱でな、医者は片時も目が離せなかったらしい。しかも、運悪く、殿様はご老中のご次男だった。殿様がみまかったとき、小栗玄朴は大泣きに泣いたそうだ。殿様から優しいことばでも掛けてもらったんだろうよ。玄朴が国払いになった真の理由、そいつがわかるか」

「いいえ」

「やつはな、追い腹を切ろうとしたのさ」

「え」

「驚いたようだな。ま、そこまで、殿様に惚れこんでいたってことなんだろう。この泰平の世で殉死など莫迦げているとな、重臣たちは口を揃え、藩士の多くが嘲笑したそうだ。がよ、おれに言わせりゃ、今どきそんな殊勝者はいねえ。しかも、玄朴はお付きの医者だぜ。二万石の城下町で、たったひとりの医者だけが武士《もののふ》の気骨をみせたってわけさ」

玄朴の骨の太さは藩内随一と、市中ではもてはやす町人も多かったらしい。

「けどな、殉死は御法度さ。それなりの罰を与えるしかねえ。わかったかい、下された沙汰が国払いだったのよ。ただでさえ気鬱で苦しんでいた妻女は、故郷を離れたくねえばっかりに首を吊ったそうだ」

玄朴出奔の経緯は、予想を遥かに超えた内容であった。

「まあ、知ったからといって、どうということはあんめえ。玄朴は玄朴よ、威風堂々と死んでいきやがった。やつが命に代えても守りたかったもの、いってえ、そいつは何だったのか。もちろん、本人にしかわからねえことだろうが、おれがおもうに、それは人としての誇りだったのかもしれねえ」

「人としての誇り」

「ああ、そいつが折れちまったら、生きる価値なんざねえ。なあ、そうはおもわねえか」

根岸はにこっと笑い、席を立った。

勘兵衛も少し遅れて退室し、棟門の外へ出た。

御屋敷町の道は暗い。高台なので、秋風がひとしお身に沁《し》みる。

葉脈に沿って裂けた破《や》れ芭蕉を側溝にみつけ、勘兵衛はやりきれない気分になった。

が、立ちどまってなどいられない。

この一件の決着をつけねばならぬ。

十

さらに二日後、子ノ刻。

鷹風一颯《ようふういっさつ》、枯れ急ぐ浅茅ヶ原を眠ったような月が照らしている。

——ざざ、ざざざ。

聞こえてくるのは荻の声、そういえば細道を挟んで西に大きな池があった。

梅若丸の母妙亀尼《みょうきに》が京で人買いにさらわれたわが子を追ってここまで来たものの、梅若丸の死を知って絶望し、ついには入水《じゅすい》してしまった。そうした伝説で知られる鏡ヶ池だ。

荻の繁る池畔には寂びた小庵が結ばれ、弁財天の立像が安置されているという。

「年に一度の六夜さん、お船に拝む嶺の月影」

常陸の在に伝わる長月二十六夜の願掛け唄であろうか。

純白の筒袖に股引を着けた美しい娘が、艶《あで》やかに口ずさんでいる。
果穂であった。
白襷《しろだすき》を掛け、島田髷に白鉢巻きを凛々しく締めている。
かたわらには、おなじく死出の白装束に身を包んだ陽太郎がいた。
公儀も認めぬ仇討ちである。
にもかかわらず、立会人には十手持ちの顔があった。
それだけではない。助太刀として控える者も、小銀杏髷を結った十手持ちだ。
立会人は勘兵衛と銀次、助太刀は鯉四郎にほかならない。
「おい、どういうつもりだ」
呻くように洩らすのは、巻羽織を纏った桐野恭平であった。
背後には腰巾着《こしぎんちゃく》よろしく、玉池稲荷の岩七が控えている。
まさか、敵《かたき》にさせられるとは想像もつかなかったであろう。
なにせ、勘兵衛から安吉の身柄を貰いうけるつもりで足をはこんだのだ。
吟味方与力の宗像弥右衛門から圧力を掛けられ、勘兵衛がそうせざるを得なくなった。
そう、桐野は銀次から嘘を吹きこまれていた。
「長尾さん、どういうことだ。説明してもらおうか」

桐野恭平は、ひょろ長い男だ。

額がやけに広く、頬がげっそり痩《こ》けている。そのせいか、蟷螂《かまきり》にみえた。

二十歳以上も年の離れた大先輩にたいし、露骨に莫迦にした口調で喋る。

無理もない。同心部屋における勘兵衛の存在は、あってなきようなものだった。

際立った活躍もなければ、敢えて手柄を立てようともしない。野心など微塵もなく、ぎらぎらした眸子で獲物を追いつめる気迫にも欠ける。喩《たと》えてみれば、あっさりした茶漬けのような男でしかない。

だから、うぽっぽなどと綽名されているのだと、桐野はおもっていた。

「だいたい、その娘と小僧は何だ」

「ふふ、存外に鈍い男のようだな」

「あんだと、言わせておけば図に乗りやがって。やい、うぽっぽ、てめえなんざ穴端《あなっぱた》へ腰を掛けた耄碌《もうろく》同心だろうが、え、焦らすんじゃねえぞ」

「地金が出たな、蟷螂野郎め。そこにおる娘は果穂、男児は陽太郎だ。おぬしが土壇へ送った玄朴の内弟子と子息さ」

「何だって」

「やっとわかったか、これは敵討ちなんだよ」

「けっ、莫迦らしい。岩七、帰《け》えるぞ」

「待たぬか、おぬしらに帰る場所などないぞ」

「まだ言っていやがる」

「嘘ではない。おぬしらの悪事は、わしらが見破った。そこにある阿弥陀堂に火を付け、治助一家を焼き殺したであろうが」

「証拠も無しに、戯《ざ》れ言《ごと》を吐くんじゃねえ」

「証拠は無いが、証人はおる。夜鷹《よたか》が岩七の風体をおぼえておってな。それだけではないぞ、幇間医者の良意も阿弥陀堂のそばで殺めたらしいな」

「そっちも夜鷹がみていたってのか」

「まあな」

「夜鷹の言うことなんざ、白洲で御奉行が信じるか、莫迦らしい」

「白洲なんざ、どうだっていい。まどろっこしい吟味なんぞは飛ばし、すぐに土壇へ送ってやる。ほれ、耳を澄ませてみよ。恨みの声が聞こえてこぬか。ともあれ、わしらをひとりのこらず葬らぬかぎり、おぬしらがお天道様のしたで生きてゆく術はないのだ」

「おもしれえことを抜かす。役人同士で斬りあいをやるってのか」

「おぬしらの相手は、そこにおる果穂と陽太郎だ」

「図体のでけえ末吉鯉四郎がおるであろうが。おぬし、小野派一刀流の手《て》練《だ》れらしいな」

問われても、鯉四郎は応じない。

おもむろに襷を取りだし、しゅっと結んでみせる。

「末吉よ、後悔するぞ。わしは梶《かじ》派《は》一刀流の免許皆伝なのさ」

「わかっておる」

「これは板の間の申し合いじゃねえ。生きるか死ぬかの真剣勝負、それでもやるのか」

「くどい」

「ふん、だったら、やってやろうじゃねえか」

桐野は羽織を脱ぎ、ばっと岩七に抛った。

大刀の鯉《こい》口《ぐち》を切り、低い姿勢で駆けてくる。

一気に間合いを詰め、素早く決着をつける腹だ。

果穂と陽太郎の腰が引けた。

が、仰《の》けぞりながらも踏みとどまる。

鯉四郎が太い腕を伸ばし、ふたりのからだを背に庇《かば》った。

「死ね、若僧」

ふたりは間合いを詰め、ほぼ同時に白刃を抜きはなった。

枝は分かれても根はおなじ、双方ともに一刀流の剣客だ。

となれば、勝負は極意の斬りおとしで決する。

大上段から頭蓋を狙い、微塵の躊躇もなく人中路《じんちゅうろ》を斬りおろす。その際、鎬《しのぎ》を巧みに使い、相手の太刀を弾きだす。土塊《つちくれ》を巻きあげて突進する車輪のごとく、気迫で攻め勝たねばならぬ。

――一刀は万刀と化し、万刀は一刀に帰す。

一刀流の理念にもあるとおり、勝負は初太刀で決まる。

迅速であることが、生きのこる最大の条件となろう。

「そいっ」

「うりゃ……っ」

凄まじい気合いともども、刃風《はかぜ》が唸りあげた。

両者は撃尺の間合いに踏みこむや、大上段から同時に白刃を斬りさげた。

勘兵衛も銀次も、岩七も空唾《からつば》を呑みこんだ。

果穂と陽太郎は目を瞠《みは》ったまま、全身の震えを抑えきれない。

鯉四郎と桐野は白刃を足許にさげ、石像のように動かなくなった。

勝負は、決したのか。

「不覚」

どちらかが、低声《こごえ》を洩らす。

刹那、桐野の脳天が柘榴《ざくろ》と割れ、鮮血が飛沫《ひまつ》となって噴きだした。

「う、うわああ」

逃げだす岩七の正面に、銀次が躍りでる。

ぶんと鉄十手を払い、横腹に叩きつけた。

「ぐえっ」

岩七は地べたに頽《くずお》れた。

「それっ、敵を討て」

勘兵衛の声に煽《あお》られ、果穂と陽太郎が駆けだす。

起きあがった岩七の背中をめがけ、まずは果穂が倒れこむ。

「ひぇっ」

果穂が握った小太刀が、岩七の脾腹《ひばら》を剔《えぐ》った。

さらに、陽太郎が突っこんだ。

「父の敵、覚悟」

「うひゃっ」

幼子の握った小刀は、岩七の尻に突きたった。

果穂と陽太郎は地べたに倒れ、もはや、起きあがることもできない。

銀次がとどめをさすまでもなく、血達磨《ちだるま》になった岩七は息絶えていた。

桐野と岩七の屍骸は、酷《むご》いようだが山狗の餌となる。

「それが報いというものさ」

はたして、こうしたやり方がよかったのかどうか、勘兵衛にはわからない。

ただ、ほかにやり方がないのも事実だった。

勘兵衛は目に涙を溜め、大役を成しとげた果穂と陽太郎を助けおこした。

こののち、果穂と陽太郎は仁徳の口利きで、医学知識も経験も豊富な蘭方医のところへ引きとられてゆく。「夜なべ先生」と慕われた玄朴の遺志をしっかり継ぎ、ふたりとも立派な医者になってくれるにちがいない。

綾乃は数日前に官医登用試験を受け、ものの見事に落とされた。

予想していたとはいえ、本人よりも勘兵衛のほうが口惜しそうだった。

妙なはなしだ。愛娘を医者にしたくはないのに、落とされた口惜しさだけはしばらく消えずにいた。

ふと、何かに呼びよせられた。

浅茅ヶ原は蕭条《しょうじょう》として、荻の声すら聞こえてこない。

阿弥陀堂のあったあたりに目を遣った。

わずかな月光を浴びて、紫の花がぽつんと咲いている。

笹りんどうであった。

凍て雲

一

八百万《やおよろず》の神々が出雲《いずも》へ旅立つ神無月、紅葉は立冬にはいってからが見頃で、遊山気分にも拍車が掛かる。

明日は品川へ紅葉狩り、前夜から誰よりもそれを楽しみにしているのは仁徳であった。

「紅葉狩りといえば、海晏寺《かいあんじ》の千貫紅葉じゃろう」

縁側で燗酒を舐めながら、おなじ台詞《せりふ》を繰りかえしている。

「京橋を七つに発《た》てば、品川宿の手前で御来光を拝むことができる。心配なのは空模様じゃ。うぽっぽ、どうであろうな。風烈廻りでもねえのに、おめえの日和見《ひよりみ》はよく当たる」

「百発百中ですよ」

勘兵衛は自慢げに応じ、月のない漆黒の空を仰いだ。

雨雲がじっと動かずに居座っている。

「丑《うし》ノ刻《こく》あたりから降りそうだな」

「なに、丑雨《うしあめ》か」

「たぶん、明日は一日雨降りでしょう」

「かあ、めえったな」

仁徳は綾乃に救いを求めるように、悲しげな眼差しをむける。

「どうする、綾乃」

「残念ですけど、またにするしかありませんよね」

「今が千貫紅葉の旬《しゅん》じゃというにか」

「わたしは濡《ぬ》れても構いませんよ、おふたりがどうしてもと仰《おっしゃ》るなら」

勘兵衛は応えずにおいたが、雨が降っても行きたいとおもっている。

三人で恨めしげに空を睨んでいると、表口が何やら騒がしくなった。

「亥《い》ノ刻《こく》に急患か」

仁徳が腰をあげたところへ、褌《ふんどし》姿の見知らぬ男が駆けこんできた。

「て、てえへんだ」

「誰じゃ、おぬしゃ」

褌男は捻《ねじ》り鉢巻きを締め、息杖《いきづえ》を握っている。

「駕籠《かご》かきか」

「へい、そこの地蔵橋で血達磨《ちだるま》の二本差しを拾いやして、何はさておき、駕籠で運んでめえりやした」

「血達磨の二本差しじゃと」

仁徳は怒ったように吐き、老人とはおもえぬほどの敏捷さで駆けだす。

綾乃がすぐあとにつづき、勘兵衛も庭下駄をつっかけた。

「こっちです、こっちこっち」

別の駕籠かきが、表通りで息杖を振っている。

「う……うう」

駕籠のなかから、呻《うめ》きが聞こえた。

顔を真っ赤に染めた男が垂れを引きちぎり、駕籠から転げでてくる。

年齢はわからない。浅葱《あさぎ》裏の着物を纏《まと》い、月代《さかやき》を蒼々《あおあお》と剃《そ》っていた。

何処かの藩士であろうか。少なくとも、浪人者ではなさそうだ。

「そこに立てかけてある戸板に乗せろ。なかに運びこめ」

「へい」

仁徳の命じるとおり、駕籠かきどもはてきぱきと動いた。

男は意識を失ってしまい、赤ん坊のように首が据《す》わらない。

「先生、死んじまうのかい」

駕籠かきに問われても、仁徳は「ふん」と鼻を鳴らすだけだ。

着物を小刀で裂き、血と土で汚れた肌を水で洗いながす。

綾乃も馴れた仕種で手伝った。

勘兵衛だけは口をへの字に曲げ、じっと戸口に佇《たたず》んでいる。

男に死なれたら、下手人の痕跡を捜しにゆかねばなるまい。

寒空のしたを彷徨《ある》きまわるのも億劫《おっくう》だ。どっちにしろ、これで明日の紅葉狩りは無くなった。楽しみにしていただけに、男が恨めしくおもえてくる。

綾乃は水に浸した手拭いで、慎重に血を拭きとった。

どうやら、顔や頭に金瘡《きず》はなさそうだ。

あらかた血を拭きとると、少年の顔があらわれた。

前髪の剃り跡も初々しい。年は十六か七であろう。

「まだ子供じゃねえか」

駕籠かきどもは声を揃え、たがいに顔を見合わせた。

「水……水を、くだされ」

苦しげな声に反応し、駕籠かきのひとりが竹筒を取りだす。

「莫迦《ばか》野郎、水をやっちゃならねえ。おっ死ぬぞ」

仁徳が怒鳴りつけた。

刹那、若侍が戸板から、がばっと身を起こした。

意識は失ったまま、何事かをつぶやいている。

「井戸、井戸……」

「先生、こいつ、井戸ごと水を呑みほしてえらしいぜ」

「んなわきゃねえだろう。ちゃんと聞いてみろ」

「……井戸、井戸の……た、祟《たた》り」

若侍は白目を剝《む》き、ふたたび、戸板のうえに倒れた。

「恐っ、祟りって言ったぜ」

「おいらも聞いた。井戸の祟りだってよ」

駕籠かきどもは、ぶるっと身を震わせた。

気づいてみれば、ひとりが小脇に四角い風呂敷包みを抱えている。

「おい、そいつは何だ」

勘兵衛に質《ただ》され、駕籠かきの目が宙に浮いた。

「まさか、おぬしら、ごまのはえじゃあるまいな」

「な、何を仰いやす。旦那、これは拾い物ですぜ」

「嘘を吐くな。風呂敷に血が付いておるぞ」

「げっ」

「若侍の持ち物であろうが。ほら、こっちへ寄こせ」

「へ」

駕籠かきどもは「拾い物」を手渡し、しょんぼりしてみせる。

「旦那《だんな》、ほんの出来心なんです、お赦《ゆる》しくだせえ」

「ほんとうなら縄を打つところだが、若侍を助けたことだし、ま、こんかいだけは大目にみてやる」

「へへ、ありがとさんです」

「ほかに拾い物はなかろうな」

「ありやせん」

「若侍のほかに、人影はみなかったのか」

「空駕籠を担いで地蔵橋を渡ったら、そいつが地べたに倒れていたんでさあ」

嘘ではなさそうだ。

「旦那、あっしらはもうよろしいですかい」

「ああ、帰っていいぞ」

駕籠かきどもは去り、勘兵衛の手には四角い風呂敷包みが残された。

「ふう、こんなもんでいいじゃろう」

仁徳が手当てを終え、嗄《しわが》れた声を洩《も》らした。

「いかがです」

「命に別状はあるまい」

若侍は胸を袈裟《けさ》懸《が》けに斬られていたが、致命傷になるほどの深手ではなかった。

むしろ、顔や着物に浴びた返り血のほうが気になる。

斬られると同時に、誰かを斬ったにちがいない。

すぐにでも質したいところだが、今夜は無理だ。

「駕籠かきどもめ、とんだ厄介事を担ぎこみやがって」

仁徳は苦々しく吐きすて、若侍の剝きだしになった腿《もも》を叩《たた》いた。

ぴくりともしない。泥のように眠ってしまったようだ。

勘兵衛は、風呂敷の中身が気になっていた。

二

若侍は昼過ぎに目を醒《さ》まし、丼飯を三杯平らげた。

痩《や》せてはいても、若いだけに食欲旺盛なのだ。

むっつりと押し黙ったまま、箸《はし》だけを動かす。

時折、給仕役の綾乃を盗み見る。

傷は少し痛むようだが、たいしたことはない。

勘兵衛は、いささか腹が立った。

日和見は外れ、朝から快晴になった。小春日和というやつで、紅葉狩りにはまたとない行楽日和なのだ。

「冗談じゃねえ」

仁徳は悪態を吐き、近くの銭湯へ将棋を指しにいった。

勘兵衛は縁側に座り、ぼうっと庭を眺めている。

やわらかい陽光が日だまりをつくっていた。

黒猫が縁側の隅っこで丸くなっている。

何日かまえから顔を出すようになった野良猫だ。

名はまだない。

名を呼ばずとも、勝手にあがってくる。

逃げもせず、気持ちよさそうに微睡《まどろ》み、時折、細い目をあけてこちらを盗み見、ふわっと大きな欠伸《あくび》をする。

「図々しいやつめ」

勘兵衛には、猫の気持ちがよくわかった。

綾乃に言わせれば、気怠《けだる》そうな仕種がよく似ているらしい。

黒猫が何者かの気配に驚き、庭へ逃れていった。

若侍が食事を済ませ、縁側へやってきたのだ。

敷居際まで足をはこび、はっと息を呑む。

満天星《どうだん》の垣根が、真っ赤に色づいていた。

「驚いたか。燃えているようであろう」

勘兵衛に促され、若侍は濁りのない声を発した。

「みごとな満天星にございます」

「何か思い出でもあるのか」

「大崎の御下屋敷にも、満天星に囲まれた草庵がございます」

「茶室か」

「はい、御屋敷内に十一あるうちのひとつです」

「茶室が十一も。いったい、何処の大名茶人であろうな」

「雲州《うんしゅう》松江《まつえ》藩十八万六千石、松平《まつだいら》出羽守《でわのかみ》治郷《はるさと》（第十代藩主）さまにございます」

「ほほう」

松平不昧《ふまい》という号のほうが知られている。齢《よわい》五十五、在位三十八年、当代随一の数寄者にして茶器蒐集家でもある。その目利きぶりと博識が重用され、将軍家の茶会にたびたび召されるほどの人物ともなれば、下屋敷に十一の茶室を築いていようとも驚嘆には値しない。

「それで、おぬしは不昧さまに仕えておったのか」

「以前は小姓にございました。今は小納戸数寄屋方を務めております」

「ふうん、やはり歴とした藩士であったか。姓名は」

「申し遅れました。垣添《かきぞえ》兵庫《ひょうご》と申しまする」

年は十六だという。

「お国訛《なま》りがないな」

「幼い頃、父に連れられて江戸へまいりました。爾来《じらい》の江戸詰め、参勤交代にお供したこともなく、故郷の記憶はございませぬ」

「それはもったいない。松江城から眺める宍道湖《しんじこ》の夕暮れは、瞬きも忘れるほどの絶景とか。出雲は神々の存《いま》す国、ちょうど今時分は八百万の神々が寄りつどうておられように」

「拙者も生涯に一度、宍道湖の夕景を観とうございます」

「さもあろう。どうだ、傷口は痛むか」

「いいえ、おかげさまでいっこうに」

「それはよかった。差し支えなくば、昨夜の経緯をはなしてくれ」

「お恥ずかしいはなしです。急の使いを仰せつかり、松平和泉守《いずみのかみ》さまの御上屋敷へまいりました。用事を済ませて帰路につき、海賊橋の南詰めから川沿いに歩んでいたところ、辻陰に隠れていた暴漢どもに襲われました」

「見知らぬ連中か」

「はい、いっこうに」

「相手は何人だ」

「三人……いや、四人だったかもしれません」

兵庫は刀を抜いて必死に抗い、隙をみて露地裏へ逃げこんだ。

あとは何処をどう逃げたのか、自分でもよくわからない。

血達磨で地蔵橋へたどりつき、駕籠かきに拾われたのだ。

「おそらく、物盗りでしょう」

「顔はおぼえておらぬのか」

「なにせ、暗すぎて」

どことなく、兵庫の様子がぎこちない。

嘘を吐いているなと、勘兵衛は見破った。

なぜ、嘘を吐くのか。

追及したい衝動を抑え、冷静に質す。

「おぬし、斬った相手がどうなったか、おぼえておらぬのか」

「はい、まったく」

「おぬしは返り血を浴びておったのだぞ」

「まことですか」

「誰かを殺《あや》めたのかもしれぬ。天下の往来で人を殺めたら、いかに松江藩の藩士でも容赦はできぬぞ。わかるな、おぬしは運悪く八丁堀に迷いこみ、十手を預かる廻り方の家へ担ぎこまれたのだ」

「わたしに縄を打つのですか」

「そうは言うておらぬ」

「されば、物盗りの探索は」

「いちおうはする。されど、物盗りと辻斬りは下手人が容易に挙がらぬのよ」

「なるほど」

兵庫は安堵したように、ほっと溜息《ためいき》を洩らした。

あまり深く調べてほしくはなさそうだ。やはり、秘密にしておきたい事情でもあるのだろう。

「わたしの身柄はどうなります。藩邸へもどしていただけるのでしょうか」

「留める理由もない」

「されば、御礼はあらためてさせていただきとう存じます。今日のところはこれで」

「藩邸へもどるのか」

「はい」

「御上屋敷は赤坂御門内であったな。おぬしに会いたいときはそこを訪ねればよいのか」

「いいえ、大崎の御下屋敷へご足労いただかなくてはなりません」

「承知した」

「そういえば、風呂敷包みをお預かりいただいておりましたね」

「おう、そうだ。忘れずに携えてゆけ」

「あの、中身をご覧になられましたか」

「いいや」

「桐の箱に高麗《こうらい》茶碗が納めてございます」

「高麗茶碗だと」

「はい。でも、ご心配なく、雲州名物のお宝ではございませぬゆえ」

「さようか」

「ただのがらくたです。がらくたでもよろしければ、貰ってはいただけませぬか」

「なに」

「命を救っていただいたうえに、厚かましいお願いとは存じますが、これもなにかの縁とお考えいただき、どうか」

　がらくたを手放すにしては、ずいぶん大袈裟《おおげさ》な頼み方をする。

　だが、断る理由もないので、勘兵衛は軽い気持ちで首肯した。

　やがて、垣添兵庫なる若侍は去り、手には高麗茶碗がひとつ残された。

「父上、何やら不吉な予感がするのですが」

綾乃が四角い風呂敷包みを眺め、眉間に皺を寄せた。

――なあご。

いつのまにもどってきたのか、さきほどの黒猫が縁側の隅で鳴いている。

「あっ、くろ」

と、綾乃が猫の名を呼んだ。

三

畳のうえに敷かれた袱紗《ふくさ》には、口径で五寸はある見込《みこみ》の深い茶碗が置いてあった。品の良さそうな初老の商人がためつすがめつ、垂涎《すいぜん》の面持ちで茶碗を眺めている。

男の名は有田屋《ありたや》伝右衛門《でんえもん》、仁徳が近所の亀島町から呼びつけた骨董商であった。

有田屋は腰痛持ちの患者でもある。茶道具に関しては、かなりの目利きらしい。

「ふうむ」

目利きが感嘆の溜息を洩らすのは、これで三度目のことだ。

茶碗を手に取って高台《こうだい》の裏を眺めたり、頭上に掲げて陽に透かしてみたり、解説もせずに小半刻もおなじことを繰りかえしている。

「おい、何か言わぬか」

業を煮やした仁徳に煽《あお》られ、有田屋は重々しく口をひらいた。

「これは大井戸《おおいど》にござります」

「大井戸、なんじゃそりゃ」

「はい、高麗茶碗のなかでも、ことに珍重されているお品にござります。茶碗は一井戸、二楽、三唐津と申しまして。なかでも、大井戸は井戸のなかの井戸、千利休の唱えた侘《わ》び寂《さ》びをかたちにしたものといわれております」

高麗茶碗とは三百年ほどまえ、李朝の庶民がその碗で飯を食べ、汁を啜《すす》った雑器のことだ。それが何かの拍子に渡来し、千利休によって見出され、生命を吹きこまれた。信長の御代から高麗茶碗の井戸を所有することが権力の象徴となり、何ひとつ洗練されていない素朴な茶碗ひとつが一国と同等の価値を有すると考えられた。

なお、楽と唐津は日本国内の窯《かま》で焼かれた茶碗のことで、楽は太閤秀吉の御墨付きを得た品、唐津は渡来人の窯で焼いた品という違いがある。

「ご賞翫《しょうがん》くだされ、枇杷《びわ》色の釉薬《うわぐすり》を厚めに掛けたこの肌合いを。太くてゆったりした轆《ろく》轤《ろ》の挽き目は、俗に井戸四段と称されるものでござります。高台は竹節、高台の裏には兜《と》巾《きん》の渦、さらに高台まわりにみえます鮫肌《さめはだ》のごとき釉薬の縮れ、いわゆる梅花皮《かいらぎ》の妙味は格別にござります。そして何と申しましても、井戸のように深い茶溜まり、これらすべてが大井戸茶碗の特徴をしめしておりまする」

華美でも優美でもなく、茫洋《ぼうよう》としたすがたにこそ味わいがある。

好事家《こうずか》に言わせれば、木訥《ぼくとつ》な風格こそが大井戸の特徴らしい。

「逸品ですな。箱書きがないのがじつに惜しい」

「というと、その箱は」

勘兵衛に問われ、骨董商は肩をすくめた。

「真新しい桐箱にござります。茶碗は少なくとも三百年前の器でしょうに」

「なんと、三百年前か」

「さようです。あの……この大井戸をどちらで」

「さる御大名の家臣から頂戴した代物さ」

「御大名とは、もしや、松平不昧さまではござりませぬか」

「だとしたら、どうする」

「やはり、さようでしたか。不昧さまは有名な茶器の蒐集家であられます。安永年間と申しますから、もう三十年もむかしになりますが、不昧さまは大枚を叩《はた》き、京の道具商から大井戸をふたつお求めになられました」

「ほう、なぜ知っておる」

「手前ども骨董商のあいだでは、有名な逸話にございます」

不味はしめて一千両もの大枚を叩き、大井戸茶碗をふたつとも購入した。

「ひとつは、かの有名な喜左衛門《きざえもん》にございます」

「知らぬなあ」

慶長年間、大坂町人の竹田《たけだ》喜左衛門なる人物が所有していたので、この名がある。手にした者は腫《は》れものができるとか、加藤清正《かとうきよまさ》の怨念に祟られるとか、逸話に事欠かぬ品らしい。

「清正公の怨念か」

「はい」

大坂の役《えき》前夜の慶長十六（一六一一）年弥生《やよい》、京都二条城にて徳川家康《とくがわいえやす》と豊臣秀頼《とよとみひでより》の面談が催された。加藤清正が双方の戦いを避けたい一心で企図したもので、秀頼に供奉《ぐぶ》した清正は後見の大役を果たした。ところが、海路で熊本へ帰郷する途上で原因不明の病に罹《かか》り、熊本城にもどって三ヶ月後に死去してしまったのだ。

爾来、清正は家康に毒を盛られたとの噂がまことしやかに伝えられ、その折りに使用されたといわれる毒塗りの茶碗が「喜左衛門」にほかならなかった。

「箱書きの写しを目にしたことがございます。竹田喜左衛門の所有から、徳川家の世となったのちは本多能登守忠義《ほんだのとのかみただよし》さまの手に移り、幾人かの手を経て松平不昧さまのもとへ納まったとありました」

本多忠義は徳川四天王と謳《うた》われた本多忠勝《ただかつ》の孫、お上から下賜されたのはあきらかであったが、箱書きに家康の名はない。白眉と目される大井戸茶碗が柳営御物に数えられなかったことに、多くの好事家は首をかしげた。そして、ああだこうだと理由を穿鑿《せんさく》したあげく、毒塗りの茶碗という不名誉な肩書きを付けたのだ。

不名誉であろうが何だろうが、こうした肩書きは茶碗の値をあげる。

好事家にとって、不昧の蔵する「喜左衛門」は垂涎の的であった。

「まさか、これがその喜左衛門か」

仁徳が顎《あご》を突きだした。

有田屋は即座に首を振る。

「ちがいます」

「なんじゃ、期待させおって」

「仁徳先生、ここからがはなしの核心にございます。どうぞ、真上から茶溜まりをご覧ください」

「ん、わしがか。よし、どれどれ」

仁徳は腰に手を当て、大井戸茶碗を覗《のぞ》きこむ。

「いかがです、何かみえませぬか」

「はて、底の色が黒ずんでおるようにしかみえぬが」

「さよう、手前が想像いたしますに、それこそが寒空にじっと動かずにいる凍《い》て雲にござります」

「凍て雲じゃと」

「釉薬の妙が織りなす風合いとでも申しましょうか。井戸の底に沈んだ雲を呑みほせば、不老長寿を手にできるとの言い伝えもござります。不昧さまは喜左衛門とともに、同等の五百両を払い、もうひとつの大井戸もお求めになられました。それは喜左衛門に勝るとも劣らぬ逸品、太刀で申せば真打ちともども禁裏に献上される影打ちのようなもの。対で所有いたせば価値は十倍にも跳ねあがるとか。手前勘で申せば、これにある大井戸はまさしく対の逸品、その名も凍て雲にござりまする」

「ふうむ、これが五百両の大井戸か。おいそれと触れることもできぬわい」

仁徳は鼻の穴をおっぴろげ、茶碗に目を吸いつけている。

有田屋は声を一段とひそめた。

「じつを申せば、清正公の毒殺に使われたのは喜左衛門ではなく、凍て雲であったとの噂もございます」

それを聞いて、勘兵衛は垣添兵庫がきれぎれに洩らした台詞をおもいだした。

――……井戸、井戸の……た、祟り。

あれはまさしく、凍て雲の祟りがみずからに災難を招いたのだと、誰かに訴えたかったのではあるまいか。

「して、長尾さま、この凍て雲をどうなさるおつもりです」

有田屋が真剣な眸子《まなこ》で問うてくる。

勘兵衛は返答に詰まった。

本物の「凍て雲」だとすれば、松江藩へ返しにゆかねばなるまい。

しかし、そうなれば、垣添兵庫の行為は隠しておけなくなる。

事と次第によっては、腹を切らされるやもしれない。

それなら、いっそ骨董屋にでも売りはらい、松江藩に買いもどさせる算段を講じたほうが利口かもしれない。

「いかがでしょう、箱書き代を減じて三百両では」

「売れと申すのか」

「はい」

仁徳は三百両と聞き、入れ歯をはずしかけた。

綾乃は最初から、黙って聞き耳を立てている。

勘兵衛は憮然《ぶぜん》として応えず、石地蔵のように身じろぎもしない。

「うぽっぽ、何を躊躇《ためら》っておる。三百両あれば贅沢《ぜいたく》な遊山ができるぞ、それこそ、出雲へでも参ろうではないか」

「そうは申されても」

「よし、わしが決める。なにせ、若僧の命を助けたのはわしじゃからな。有田屋、茶碗をもっていけ」

「へ、よろしいので」

「金はあとでよい、はやくもってゆけ」

「はい」

「ちょっと待て」

勝手なことを口走る仁徳を抑え、勘兵衛が刺々《とげとげ》しく吐いた。

「がらくたなら売る手もあったが、三百両と聞いては売れぬ、断じてな」

「さようですか」

有田屋はさも残念そうに肩を落とす。

勘兵衛は丁重に頭をさげた。

「有田屋、すまぬが、今日のことは胸の裡《うち》におさめておいてくれ」

「かしこまりました。お気が変わられたら、いつでもお声をお掛けください」

目利きの骨董屋は、わざわざ仁徳に見送られて帰った。

「父上、ほら」

綾乃はふっと微笑み、縁側の端っこを指差してみせる。

くろと命名された雄猫が、気持ちよさそうに眠りこけていた。

四

軽い気持ちで茶碗を預かったことが悔やまれる。

骨董商の指摘どおり、大井戸茶碗が「凍て雲」であったなら、松江藩の殿様が手放すはずはない。

となれば、その価値を知る者が盗んだことになる。

垣添兵庫がやったのであろうか。

数寄屋方なら茶碗の在処《ありか》は知っていたはずだ。

ただ、危険を冒して盗んでおきながら、あっさり手放した意図がわからなかった。

金欲しさに盗んだまではよかったものの、怖《お》じ気づいて手放したのかもしれない。

だとすれば、厄介な代物を押しつけられたことになる。

それとも、井戸茶碗は雲州名物などではなく、垣添が言ったとおりの「がらくた」にすぎないのか。

いろいろ考えたすえ、やはり、垣添本人に質すのがいちばんであろうと相談がまとまった。

無論、茶碗がいかなる品であろうと返すつもりだ。これ以上、関わりたくないというのが本音だった。

行く先は品川大崎の松江藩下屋敷、どうせなら海晏寺の千貫紅葉も愛《め》でてこようとおもい、仁徳を誘った。

ところが、先約があるという。

年甲斐もなく恥ずかしがり、はっきりとは教えてくれぬ。

どうやら、玄冶店《げんやだな》に住む三味線の師匠に誘われ、亀戸方面へ紅葉狩りに行くらしかった。

「付きあいじゃから詮方あるまい」

人付きあいの嫌いな仁徳が、澄ました顔でそう吐いた。

勘兵衛も知らぬではない。三味線の師匠は艶《つや》っぽい年増の後家なのだ。

そこで、綾乃を誘ってみたのだが、家の片付けがたまっているので、野良猫のくろと留守番をしているという。

仕方なく、勘兵衛は鯉四郎を誘った。

「それがよろしいですよ。いざというとき、鯉四郎さまなら頼りになりそうだから」

と、綾乃にも助言された。

何気なく吐いた愛娘の台詞が、耳から離れない。

綾乃の気持ちが鯉四郎にかたむいているようなら、それこそ一大事だ。

ともあれ、勘兵衛は鯉四郎ともども、翌日の朝未《まだ》きうちに京橋を発った。

芝口から増上寺門前へむかい、渋谷川を渡って芝金杉町から田町へ出る。

眼下の海原はまだ昏《くら》く、紺の染料を流したようだ。

遠くにみえる漁《いさ》り火が、心細そうに点滅している。

汗ばんだからだに、ひんやりとした潮風が心地好い。

砂浜に打ちよせる波音を聞きながら、黙々と歩みつづけた。

高輪大木戸跡を抜け、さらに東海道をずんずん南下してゆく。

そして、品川の歩行《かち》新宿を指呼の間においたころ、日の出を迎えた。

海原は瞬時にして煌《きら》めき、砂浜の一面には白銀が鏤《ちりば》められた。

何処までもつづく縄手の一本道が、くっきりと白く浮かんでみえる。

「海はいい」

勘兵衛が微笑むと、鯉四郎も頷いた。

海は憂き世を忘れさせ、たったひとつのことだけを思いださせてくれる。

「感謝だ」

この世に生を与えられ、生きつづけてこられたことへの感謝だ。

大袈裟なようだが、海を眺めているといつも敬虔な気持ちにさせられる。

乳飲み子の自分を捨てた母親のことさえ、赦してしまえそうな気になる。

いや、ほんとうのところ、欠片《かけら》も恨んではいない。

そうした感情は、疾《と》うに失せてしまった。

子を捨てる親には、拠所ない事情がある。

産着にくるんで捨てた我が子にむかって、遠くで震えながら手を合わせる哀れな母のすがたを、勘兵衛はいつも脳裏に描いていた。

捨てられた子は、二度と母親に甘えることができない。

それは、神仏の与えたもうた試練であった。

捨て子の多くは死んでしまうか、成長できても道を踏みはずす。

勘兵衛は神社の宮司に拾われ、子を望んでいた夫婦に預けられた。

砂浜に転がる無数の貝殻のなかから、偶《たま》さか拾われた貝殻とおなじだ。

その幸運に、心から感謝しなければなるまい。

いまや、海原は青い縞《しま》模様を織りなしていた。

水平線の彼方を、一艘の帆船が横切ってゆく。

勘兵衛は、胸腔《むね》いっぱいに潮風を吸いこんだ。

「このまま、江ノ島あたりまで足を延ばしたいものだ」

鯉四郎は白い帆を目で追いつつ、眩《まぶ》しげな顔をしてみせる。

「江ノ島と言わず、もっとさきへまいりましょう。わたしは、箱根の関所から富士を間近に観てみたいのです」

「はは、贅沢を抜かすでないぞ」

連れに恵まれたなと、勘兵衛はおもった。

鯉四郎の素直で誠実な性分には好感がもてる。

群れに交わらず、必死で不正義に抗おうとする姿勢も気に入っている。

だからといって、綾乃とくっつける気は毛頭ない。

嫁ぐ相手は役人でもいっこうに構わないが、廻り方だけは別だ。

勘兵衛も若い時分は家にもろくに帰らず、血の臭いを嗅《か》ぎまわっていた。

人一倍努力しなければ、世間の役に立つ十手持ちになることはできない。

そう信じ、みずからに言い聞かせ、野良犬のように江戸じゅうを歩きまわった。

廻り方をつづけてゆくのであれば、鯉四郎にも野良犬になることを求めてやまない。

逆しまに、愛娘を野良犬なぞにくれてやるわけにはいかぬ。要するに、自分とおなじような男といっしょにさせたくないだけなのだ。

考え事を断つかのように、鯉四郎が問いかけてきた。

「長尾さま、門前払いを食いませんかね」

「ん、なにが」

「突然の来訪ですから、垣添どのに会わせてもらえぬのではないかと」

「そのときはそのときさ、品川宿に一泊する口実ができるわい。歩行新宿には天竺屋《てんじくや》という旅籠《はたご》があってな、鯨汁《くじらじる》を食わせるのよ。ふふ、なかなかの珍味ぞ。涎《よだれ》が口に滲《し》みだしてきおったわ。どうだ、食いたいか」

「はあ」

「案ずるな。風呂敷包みの中身を損なわぬようにいたせ」

「は」

鯉四郎は四角い風呂敷包みを首からさげ、骨壺のように抱えている。

ふたりは御殿山の手前で右に曲がり、しばらく畑のなかをすすんだ。

するとほどなくして、海鼠塀《なまこべい》に囲まれた松江藩下屋敷があらわれた。

いかにも頑強そうな棟門脇には、六尺棒を握った門番が立っている。

「あそこのようですね」

「ふむ」

勘兵衛は大股でつかつか歩みより、門番に来意を告げた。

門番は首をかしげたまま、しかるべき人間を呼びにゆく。

やがて、蟹《かに》のように横幅のある男が大儀そうにあらわれた。

「拙者は小納戸組組頭、横《よこ》尾《お》数《かず》馬《ま》と申す」

名乗りあげたまではよかったが、門の内へは一歩も入れようとしない。

それどころか、体よく追いはらいたい意図がありありと窺えた。

「当藩の小納戸数寄屋方に何か御用がおありとか。もしや、そやつが喧嘩沙汰でも起こしましたか」

「いいえ」

「されば、窃盗か辻斬りでも。まさか、町人を殺めたとか。そうしたおはなしではござりますまいな」

「ちがいます。あの」

「何でしょう」

「わたしはまだ、その御仁の姓名を申しあげておりませぬ」

「おう、そうであった。これはうっかりしておった。されば、あらためてお聞きいたしましょう。誰なんです、御用の相手は」

「はい、数寄屋方の垣添兵庫どのにござる。年はまだ十六だが、じつにしっかりとした若侍だ」

「垣添……はて、さような者は当藩におりませぬが」

「え」

驚いたのは、勘兵衛だけではない。

鯉四郎も、ぽかんと口を開けた。

「いないとは、どういうことです」

「どうと仰られても」

横尾は困惑してみせたあと、嘲笑しながらつづけた。

「十八万六千石の大所帯とは申せ、江戸詰めの藩士はみな顔見知りでござる。就中《なかんずく》、数寄屋方はわが殿警護の重き役目も負っておりますゆえ、当藩きっての腕達者があつめられております。そのなかに、垣添という姓はない。ざらにある姓でもないので、おれば合点いたしましょう。せっかく八丁堀からみえられたのに、無駄足でしたな」

横尾は表門のまえに、すっくと立ちはだかった。

勘兵衛はここで、咄嗟《とっさ》に機転を利かせた。

「困ったな、凍て雲がはぐれ雲になりよった」

聞こえよがしにひとりごち、鯉四郎の首にぶらさがった風呂敷包みを撫でる。

横尾は小狡《こずる》そうな眸子で、ぎろりと包みを睨みつけた。

瞳に動揺が走った瞬間を、勘兵衛は見逃さなかった。

五

その晩は品川歩行新宿の「天竺屋」に泊まり、鯨汁をたらふく食べた。

鰹《かつお》の出汁がきいた汁を煮立て、鯨の赤肉とさえずりを水菜ともども煮る。さえずりとは舌のことで、煮るほどやわらかくなる。一方、脂身のある首の肉は煮汁に通す程度で済ませ、薄口醤油に付けて食べる。

肉は塩辛く、酒もすすんだ。

下戸《げこ》の鯉四郎は一杯付きあっただけで赤くなり、床につくなり鼾《いびき》を掻《か》きはじめた。

「綾乃に聞かせてやりたいものだ」

鼾のせいばかりではなかったが、勘兵衛はいっこうに寝付くことができなかった。

松江藩の下屋敷を離れたときから、何者かに跟《つ》けられているのはわかっていた。わざと居所をあきらかにし、相手の出方を窺うことにしたのだ。

が、何事もなく朝を迎えた。

明け方になって少し微睡んだものの、勘兵衛はさっさと床をあげ、鯉四郎が起きてくるころにはもう、朝風呂に浸かって着替えも済ませていた。

「肩透かしを食った気分ですね」

鯉四郎は寝惚けていたくせに、そんな台詞を口走った。

ふたりは紅葉が盛りの海晏寺に立ちよらず、のんびりと帰路についた。

「このまま八丁堀へもどるのも口惜しいな」

相談がまとまり、高輪大木戸跡から左に折れて白金へむかう。

訪れたのは目黒不動へ通じる二子街道、白金側に加藤清正を祀《まつ》る覚林寺《かくりんじ》があった。

地元では親しみを込めて「清正公《せいしょこ》さん」と呼ぶ。堂宇には猛将の象徴たる片鎌槍が保管されているとも聞いた。御本尊は清正の随身仏でもある釈迦牟尼《しゃかむに》仏だが、同寺は毘沙門天を祀っていることでも知られ、山の手七福神のひとつに数えられている。

清正の祟りを封じようと、験《げん》を担いだわけではない。

街道からさほど遠くもないので、立ちよってみようとおもったのだ。

「ひとつ、連中を誘ってやろう」

今日も「天竺屋」を出たときから、何者かの気配を察していた。

ゆえに、勘兵衛は不敵にも、相手に仕掛けやすい場所を提供してやろうと考えたのだ。

高輪から白金にかけての一帯は寺が多い。

大名の下屋敷と寺社仏閣が混在し、隙間を埋めるように町屋があった。

覚林寺の建立された場所は、そもそも熊本藩の中屋敷だったところだ。開基の日延《にちえん》上人は、清正が朝鮮出兵のおりに捕虜として連れかえった朝鮮王家の子孫であった。安房《あわ》の日蓮宗誕生寺の貫首となったのち、本人の望みどおり、清正と縁の深い白金の土地を拝領したのだ。無論、幕府としても、徳川家の宿敵であった豊家《ほうけ》最強の武将を祀る寺社の建立は容認できない。したがって、表向きは水仙畑としてさげわたされたという。

いずれにしろ、鯉四郎の首にぶらさがる大井戸茶碗は、今日では神仏と崇《あが》められる清正の命を断つために使用されたという。

真実かどうかは判然としない。

だが、境内に一歩足を踏みいれた途端、何やら重苦しい気分にとらわれた。

――清正の祟り。

この世への執着が悪霊となって、本殿や参道に浮遊しているのだろうか。

初冬の空は移ろいやすく、さきほどまでの蒼空は黒雲に覆われつつある。

午《うま》ノ刻《こく》までは一刻余りもあるというのに、境内一帯は夕暮れのような暗さだ。

参道を囲む鬱蒼とした木々は風巻《しまき》に煽られ、赤や黄の葉を散らしはじめた。

「鯉四郎、ひと雨くるぞ」

「は」

打裂羽織《ぶっさきばおり》の肩をならべ、ふたりは意味ありげに頷きあった。

簑笠《みのがさ》の用意はあっても、つける気はない。

参詣の人影は何処かへ消え、いつのまにか、御堂の読経も歇《や》んでいた。

凶兆を察したのか、鳥の囀《さえず》りも聞こえてこない。

ざっと、大粒の雨が落ちてきた。

冷たい雨に月代を濡らし、ふたりは耳をそばだてた。

本堂は遠くに霞み、雨音に混じって跫音《あしおと》が迫ってくる。

落ち葉を踏みしめる跫音だ。ひとつやふたつではない。

斑《まだら》に濡れた甃《いしだたみ》のうえで、勘兵衛は足を止めた。

「鯉四郎」

呼びとめた刹那、ひとの気配が動いた。

「七人か」

「いいえ、八人です」

「ずいぶん人数をかけてきたな。抜かるなよ、鯉四郎」

「は」

黒覆面の侍どもが、横駆けに駆けてきた。

四人ずつに分かれ、参道の前後をふさぐ。

腰つきから推すと、いずれも手練《てだ》れとみえた。

刀の柄に手を掛けているのは、脅しであろう。

狙いは「凍て雲」か。

それ以外には考えられない。

蟹のような体格の男が、堂々と登場した。

「不浄役人め」

覆面のしたから、くぐもった声が聞こえてくる。

「わるいことは言わぬ、その風呂敷包みを渡してもらおうか」

「ほほう、よほどご執心とみえる。当然、風呂敷の中身は存じておろうな」

「知らずに襲うか、間抜け」

「おぬし、横尾数馬であろう。顔は隠せても体型までは隠せぬぞ」

「ふん、それがどうした。鬼の首を獲ったような面をしおって。正体を知られたところで痛くも痒《かゆ》くもないわ、疚《やま》しいことは何ひとつしておらぬのだからな」

「顔を隠して言う台詞とはおもえぬぞ。そいつらは数寄屋方の連中か、松江藩の腕っこきをあつめたとか申したな」

「どうとでも勘ぐるがよい。ほれ、その風呂敷包みを渡せ、素直にしたがえば命だけは助けてやる」

「渡せぬと言ったら」

「後悔させてやるだけさ」

横尾は低く身構え、鯉口《こいぐち》を切った。

「やめておけ、抜けば大怪我をするぞ」

「猪口才《ちょこざい》な」

「待て、風呂敷包みの中身が割れでもしたらどうする」

「割れたら継げばよい。腕の良い焼継師なら、いくらでもおるわ」

「盗まれた宝物を取りもどすのが、おぬしらの役目というわけか。盗んだのは誰だ、垣添兵庫か」

「問答無用じゃ」

横尾は覆面をかぶったまま、ふうっとひとつ大きく溜息を吐いた。

無造作《むぞうさ》に、白刃を鞘《さや》走らせる。

これを合図に、七本の白刃が一斉に抜きはなたれた。

「鯉四郎、壮観な眺めではないか」

「まったくですな」

「包みを寄こせ、おぬしは存分に闘うがよい」

「は」

勘兵衛は風呂敷包みを受けとり、鯉四郎の背後にひょいと隠れた。

「掛かれい」

蟹男の怒声が響き、最初のひとりが突きかかってくる。

鯉四郎は身を沈め、抜き際から水平斬りを繰りだした。

「ふえい」

鋭利な切先が首筋に伸び、接する寸前でひっくり返る。

物打ちの峰が当たった瞬間、黒覆面の相手は頽《くずお》れた。

「よし、ようやった」

背後で小太りの勘兵衛が囃《はや》したてる。

「やっ」

「たっ」

短い気合いと呻きが錯綜し、鋼と鋼がぶつかりあった。

火花が散り、覆面はひとり、またひとりと倒れてゆく。

四人が急所を打たれたところで、雨脚はいっそう激しさを増した。

覆面の連中は、視界がよく利かない。

「くそっ、退《ひ》け、退け」

横尾が必死に怒鳴りあげた。

残った連中が地べたの仲間を引きずるように去ってゆく。

鯉四郎は本身を鞘に納め、肩で大きく息を吐いた。

ひとを斬るより、斬らずに済ませるほうが何倍も難しい。

「口ほどにもないやつらめ」

勘兵衛は鼻を鳴らし、風呂敷包みを鯉四郎に抛《ほう》った。

全身ずぶ濡れになり、自慢の小銀杏髷《こいちょうまげ》も月代にぺったり貼りついている。

「鯉四郎、これではっきりしたな。そいつは正真正銘の凍て雲だ」

「そのようですな」

「垣添兵庫の身が案じられる」

「まだ十六とお聞きしましたが」

「あどけない顔をしておったわ」

「どうなされます。御奉行から御墨付きを頂戴し、あらためて横尾数馬に面談を申しこみますか」

「無駄であろう。大袈裟に騒ぎたてれば、誰かが腹を切って仕舞いにされる。ま、焦らぬことよ」

「はあ」

「本殿に詣り、厄除けでもしてゆくか」

濡れ鼠のふたりは、何事もなかったかのように参道をすすんだ。

賽銭箱《さいせんばこ》に賽銭を投げると、雨は嘘のように熄《や》み、曇天の割れ目から一条の光が射しこんでくる。

「清正公のご利益があるのかもしれんぞ」

勘兵衛は冗談ではなく、本気でそうおもった。

六

綾乃への土産は大森の海苔《のり》、きっと喜ぶにちがいない。

八丁堀の自宅へもどると、おもいがけない人物が待っていた。

「父上、垣添兵庫さまですよ」

そっと囁かれ、勘兵衛は旅装を解く手をとめた。

背後に控える鯉四郎も、鋭い眸子を奥へむける。

飯をかっこむ音と嗚咽《おえつ》が、交互に聞こえてきた。

「綾乃、あれは」

「垣添さまです。人の情けが身に沁《し》みると仰せになり、泣きながら昼餉《ひるげ》を」米櫃を空にするほどの勢いらしい。

「仁徳どのは」

「玄治店へ足をはこばれました」

「ほほう、後家どのにご執心とみえる」

「父上、いけませぬよ」

「ふん、何がわるい」

帰ってきたら、おもいきりからかってやろうと、勘兵衛はおもった。

垣添兵庫は、三日前に出ていったのとおなじ扮装《いでたち》で座っていた。

格子縞の粋《いき》な着物に黒無地の羽織、自前の着物を破ったので、綾乃が勘兵衛の着物を与えてやったのだ。それをそのまま着ている。襟《えり》や袖口は薄汚れており、野宿を余儀なくされた様子がありありと窺えた。

綾乃によれば、今朝方腹を空かしてあらわれ、べったら漬で丼飯を三杯も平らげたという。さらに、昼餉も蜆《しじみ》の味噌汁で二杯食い、さすがに遠慮しながら三杯目を請うたところで、勘兵衛たちが舞いもどってきた。

綾乃は詳しい事情を聞かず、ただ、甲斐甲斐しく世話を焼いていた。

鯉四郎はさきほどから、不機嫌な面をしている。兵庫の図々しさが癇《かん》にさわったのだ。なにせ、綾乃に飯を盛りつけてもらったことなど、鯉四郎はただの一度もなかった。

「も、申し訳ございませぬ……」

兵庫は埃《ほこり》まみれの顔を隠し、洟水《はなみず》をしきりに啜りあげた。

「……もはや、藩邸に帰る場所もなく、さりとて行くところもなし、露地から露地へ彷徨《うろつ》いておりましたが、どうにも腹が空いて仕方なく……気がついたら、地蔵橋まで足をはこんでおりました」

「ま、無事で何より。風呂にでも浸かってさっぱりするか」

「と、とんでもございませぬ」

「なら、どうする。着の身着のままで出てゆくか」

勘兵衛は皮肉混じりに問いかけ、綾乃に睨《にら》まれた。

兵庫は応えあぐね、俯《うつむ》いたまま顔もあげられない。

鯉四郎は部屋の隅に正座し、三白眼で睨みつけている。おぬしのせいで真剣を抜く羽目になったのだぞ、とでも言いたげに、眼力で威圧しているのだ。

勘兵衛は綾乃の淹《い》れた茶を呑み、ほっと肩の力を抜いた。

「われらはな、大崎の下屋敷へ参ったのだぞ」

「え」

「おぬしに、凍て雲を返そうとおもうてな。ふっ、門前払いを食わされたわ。横尾数馬と申す蟹のような男があらわれ、しっしっとやりおった。小納戸組の組頭と申せば、おぬしの上役であろう。ところが、蟹のやつ、おぬしを知らぬと抜かしおったぞ」

「さようでしたか」

「驚かぬのか」

「覚悟はしておりました」

兵庫はしょんぼりと洩らし、首を振った。

「覚悟とは」

「召放《めしはなち》です。これでわたしは浪々の身、腹を切ることもできなくなった」

「今朝方、帰りがけに白金の清正公さまへ立ちよったのだ。境内でな、蟹に率いられた連中に襲われたぞ」

「まことですか」

「相手は八人。ここにおる末吉鯉四郎が四人を峰打ちにせしめ、まんまと撃退したがな」

「それはたぶん、数寄屋方の面々です」

「おぬしの同僚というわけだな。もしや、海賊橋のそばで襲ってきたのも連中か」

「はい」

「やはり、存じておったか。おぬしの態度ですぐにわかったわい。なぜ、正直に喋《しゃべ》らぬ」

「動顛《どうてん》しておりました」

「それで、飯だけ食って去ったのか。ふん、とんだ厄介事を押しつけおって」

「も、申し訳ござりませぬ」

「まあよい、事情をはなしてみよ」

「はい……でも、何処からおはなしすればよいものやら」

「されば訊《き》こう、なぜ、凍て雲を盗んだ」

「哀れな姉の恨みを晴らすべく、凍て雲を盗み、粉微塵《こなみじん》に砕こうとおもいました」

兵庫には香苗《かなえ》という年子の姉があった。ほかに兄弟姉妹はなく、ふたりは江戸藩邸内の足軽長屋で寄りそうように育った。亡き父は軽輩であったが、姉も弟も容姿に恵まれ、それがために奥向女中と小姓に取りたてられた。

やがて、香苗の美貌は奥向でも評判となり、若殿の側女《そばめ》にとの噂が立つまでとなった。

女中たちにしてみれば羨望の的、と同時に、悋気《りんき》の対象ともなりかけたやさき、由々しい出来事が勃《お》こった。

「今から三月《みつき》前、盂蘭盆会《うらぼんえ》の門火が焚《た》かれていたころのこと、奥向若年寄であらせられる柚野《ゆずの》さまのご発案で、夜の茶会が催されました。恒例の肝試しです。噂によれば、柚野さまは御台さまのご指図を受けていたとのことですが、さだかではありません」

茶会は深夜、蠟燭《ろうそく》の灯された奥向の茶室にて取りおこなわれた。四帖半の又隠《ゆういん》には、主宰である柚野のほかにもうひとり、雲阿弥《くもあみ》なる盲目の茶坊主が控えていたという。

茶室に呼ばれた女中は三人、いずれもまだ若く、脅えきった香苗もそのなかにふくまれていた。

段取りは凝《こ》っている。雲阿弥が短い怪談をはなしてきかせ、柚野が点《た》てた茶を順に配してゆく。女中のひとりが抹茶を啜り終えると、その都度、蠟燭の火がひとつ消されてゆくという趣向だ。

「雲阿弥さまのご使用なされた井戸茶碗のなかに、凍て雲が混じっていたのです。凍て雲の禍々《まがまが》しい由来については、すでにお調べのことと存じます」

はたして、清正毒殺の伝承は事実か否か。

大井戸には怨念が籠もっているのかどうか。

凍て雲に注いだ茶を誰かに呑ませるというのが、茶会本来の目的だった。

「ゆえに、毒味茶会などと、のちに囁かれたのです。そして、姉に白羽の矢が立ちました」

「呑まされたのか」

「はい」

「それで」

「姉は茶を呑んだそばから、吐血いたしました。一命はとりとめましたが、二度と人前に出られぬ醜き顔となり、ずっと寝たきりに……う、うう」

兵庫は怺《こら》えきれず、泣きくずれてしまった。

からだつきこそ大人びてみえるが、まだ十六の若者なのだ。

「申し訳ございませぬ。つい、とりみだしてしまいました」

「かまわぬさ、つづけられるか」

「はい」

兵庫は涙を拭い、意を決したように喋りだす。

「清正公の怨念が宿る茶碗を、わが殿にご使用いただくわけにはまいらぬ。それは横尾数馬さまより、数寄屋方に厳命されていたことでもありました。御台さまやご重臣の方々は殿の御身をご案じなされ、喜左衛門と凍て雲だけは手放してほしいと、一度ならずお諫《いさ》めになったやに聞いております」

松平不昧は、諫言《かんげん》を聞きいれなかった。

じつは、今年をかぎりに隠居することがきまっている。幕府の内諾も得ており、昨秋には世子鶴太郎の元服、斉恒《なりつね》への改名ならびに従四位下侍従出雲守の官位授与も、とどこおりなく済ませてあった。

不昧は茶人正月とも称する神無月の晦《つきこもり》に、大崎の下屋敷にて隠居披露目の茶会を催すつもりでいた。茶席に「喜左衛門」と「凍て雲」をならべ、みずから使用することを公言して憚《はばか》らなかったのだ。

深夜の「毒味茶会」は、そうしたさなかに催された。

「ふうむ、毒味で犠牲者が出れば、即刻、凍て雲の使用は禁じられる。のみならず、喜左衛門の使用も自重いたさねばなるまい。真の狙いはそれか」

勘兵衛は腕を組み、不機嫌そうに唸った。

「そなたの姉は、姑息な細工の犠牲になったのかもしれぬ」

「仰せのとおりです。凍て雲に毒が塗ってあったにちがいありません。ところが、城中の誰もが凍て雲にまつわる禍々しい伝承を信じました。それが殿のお耳にも伝わり、未来永劫、凍て雲は鑑賞するだけの器になったのでござります」

「悪党どもの目的は達せられたというわけか」

「されど、わたしの腹の虫はおさまりません」

「それで、凍て雲を盗んでみせたと」

「はい」

「浅はかな」

盗んだまではよかったが、兵庫は海賊橋のそばで追っ手の急襲を受けた。

「斬った相手のことは、おぼえておらぬのか」

「覆面をつけていたので、相手が誰かもわからず、死んだかどうかもはっきりしません」

「ふうむ、されば、凍て雲を砕かなかったのはなぜだ」

「怖じ気づいてしまいました」

なんといっても、雲州名物の至宝とも言うべき大井戸茶碗、いざとなると粉微塵にする勇気がもてなかったという。

「切羽詰まったあげく、わしらに預けた。それが顚末か」

「恥ずかしながら、そのとおりにござります」

事情はわかった。しかし、解決に結びつく妙案は浮かばない。

「さあて、どうするかな」

考えてみれば、勘兵衛は松江藩の罪人をあずかっていることになる。正式に抗議を申しこまれれば、ただでは済むまい。

御役御免はおろか、腹さえ切らされかねないのだ。

だからといって、十六の若者を放りだすことができようか。

救いをもとめてきた者を、あたら見殺しにするわけにはいかぬ。

「窮鳥懐に入れば猟師も殺さず」

勘兵衛は凜然《りんぜん》と発し、音を起てて茶を啜った。

七

神無月十三日。

庭の隅に植わった銀杏も、おおかた葉を落としてしまった。

今日は加藤清正も奉じた日蓮上人の忌日、法華経の寺院では八日から十三日までの六日間、御命講《おめいこう》と称する会式《えしき》供養が盛大におこなわれる。

勘兵衛は日蓮宗の門徒ではないが、今年は忌日を強く意識した。耳を澄ませば、桐箱のなかで「凍て雲」がかたかた音を起てているような気がしてならない。

名物に宿った怨念が人を呼びよせたのか。こちらから仕掛けるまでもなく、真相を知る人物がむこうからやってきた。

正午を過ぎたころ、偉そうな初老の侍があらわれた。

供人をふたりも随行させ、赤坂御門内の松江藩上屋敷から法仙寺駕籠を走らせてきたのだ。

年の頃なら五十代の後半、利休鼠に紗綾《さや》形文《がたもん》の肩衣と半袴を着け、血色の良い顔をしている。つい今し方、将軍家斉《いえなり》への謁見を済ませ、千代田城から抜けだしてきたかのようで、どう眺めても八丁堀にはそぐわない扮装の人物だった。

ともあれ、下にも置かぬ態度で客間の上座に招き、綾乃にはとっておきの宇治茶を淹れてくるように命じた。

客人は出された宇治茶を不味《まず》そうに呑むと、太鼓腹を突きだし、おもむろに口をひらいた。

「拙者、松江藩江戸留守居役、西部《にしべ》帯刀《たてわき》にござる」

「これはこれは」

と言ったきり、勘兵衛は口をもぐつかせた。

何と応じてよいものか、見当もつかない。

「前触れもなくお訪ね申しあげ、恐縮にござる」

西部は「ござる」をことさら強調するので「うござる」と聞こえた。

不慣れな相手に面と向かうと、どうでもよいことが気になってしまう。

「そこもと、長尾勘兵衛どのと申されたか。単刀直入にお尋ねいたそう」

「どうぞ」

「雲州名物の至宝、凍て雲を所持しておられよう。正直に応えよ」

やにわに尋問口調で質され、勘兵衛はかちんときた。

「はて、知りませぬなあ」

空とぼけてみせると、西部は床の間の痰壺《たんつぼ》を勝手に引きよせた。

ぺっぺっと、つづけざまに痰を吐く。

じつは、痰壺の隣に「凍て雲」を納めた桐箱が置いてあった。

西部は冷静さを欠いており、まったく気づかない。

「おい、これへ」

廊下に控えた供人のひとりを呼びつけ、袱紗にくるんだ箱をもってこさせる。

表面は黒ずみ、端のほうは罅《ひび》割れ、蓋もやや撓《たわ》んでいる。年季のはいった桐箱だ。

「裏蓋をご覧あれ。凍て雲の流転するさまが綴られておろう」

なるほど、歴代の所有者が連綿と記録されており、末尾を飾るのが松平不昧であった。

「凍て雲はこの箱に納められねばならぬ当藩のお宝、不浄役人ごときが所持いたす品ではないのじゃ」

「そのようですな」

「すでに調べはついておる、しらを切っても無駄じゃ」

横尾数馬から報告を受け、西部はみずから馳せ参じたのだ。

勘兵衛は、表情も変えずに応えた。

「たしかに、大井戸茶碗をひとつ預かっております」

「最初から素直に吐けばよいものを。わしとて十八万六千石の留守居役、暇な身ではないのじゃ。手間をとらすな」

留守居役がわざわざ足労したからには、よほど急がねばならぬ事情でもあるのか。

「悠長に説明しておる暇はない。さ、返せ」

「かしこまりました。ただし、条件がひとつございます」

「なに、ただでは返さぬと申すのか」

「いかにも」

「図に乗るでないぞ。そもそも、あれは当藩の蔵から盗みだされた品じゃ。熨斗《のし》を付けて返しにくるのが筋であろう。そなた、まがりなりにも、お上の十手をあずかる身であろうが。正邪を見極める分別もないのか」

激昂してみせながらも、西部は計算高い男のようだった。

「ふん、まあよい。宝物が盗まれたと世間に知れたら、それこそ藩の恥辱、笑い者にされてしまう。事は隠密裡にはこばねばならぬ」

「いずれにせよ、条件を呑んでいただかなくてはなりません」

「恰好つけるな、いくら欲しいのじゃ」

「仰せの意味がよくわかりませぬが」

「目当ては金なのであろう。正直に申せ、いくらじゃ、五十両か、それとも百両か」

横柄《おうへい》な態度で詰めよられ、腹の底から怒りが込みあげてきた。

感情が理性を粉砕し、血が逆流する音すら聞こえてくるようだ。

「喝……っ」

勘兵衛は発するや、畳に拳を叩きつけた。

濛々《もうもう》と埃が舞い、西部は目を白黒させる。

そして、激しく咳きこんだ。

「ぐえほっ、ごほごほ」

勘兵衛はあくまでも、超然としている。

西部は、何とか自分をとりもどした。

「金でないなら、条件とは何じゃ」

「よくぞ、お聞きいただきました。貴藩の数寄屋方に垣添兵庫という若侍がおります。ご存じですかな」

「名は聞いた。凍て雲を盗んだ不埒《ふらち》者であろうが」

「その不埒者を、ご赦免いただきたい」

「どういうことじゃ」

「召放の沙汰が出たやに聞いております。十六の若者が禄を取りあげられれば、路頭に迷うしかござりませぬ。西部さまのおとりなしで、何卒、復帰の道筋をつくってやっていただきたい」

「垣添は盗人ぞ。打ち首にする価値もない屑《くず》であるがゆえに、召放となったのじゃ」

「盗人にも三分の理、という諺もござる。いまいちど、盗みにいたった事情を斟酌《しんしゃく》していただけませぬか」

「無理を申すな。だいいち、いちど下した沙汰を覆せば、他の藩士にしめしがつかなくなる。おぬしも武士の端くれなら、わかるであろうが」

「そこを枉《ま》げて、お頼み申します」

「できぬな」

「されば、凍て雲はお渡しできませぬ」

「おいおい、盗んだものを返せぬとは、どういう了見じゃ。おぬし、まことに町奉行所の同心か。それとも、ただの阿呆なのか。なにゆえ、垣添とか申す軽輩に肩入れいたす」

「凍て雲を盗むにいたった経緯を聞いてしまった。ゆえに、でござる。西部さまはご存じであられましょうや」

勘兵衛は「毒味茶会」の顛末を簡略に語った。

西部は黙然と聞き終え、深い溜息を吐いた。

「そのはなしは、小耳に挟んでおる」

「失礼ながら、その茶会、貴殿の差し金か」

「いいや、わしは御台さまのご心痛を察し、奥向の柚野に相談をもちかけたまで。柚野はぽんと胸を叩き、任せてほしいと申した。そこからさきは、あずかり知らぬことじゃ。まさか、奥向に仕える娘を人身御供《ひとみごくう》にいたすとはな、おもいもよらなんだ」

「すべては、柚野なる御仁が画策した所業と申されるのか」

「ふむ、ただし、茶会そのものは、知恵袋の雲阿弥が捻《ひね》りだした浅知恵じゃろう。いずれにせよ、柚野は野心の強いおなごでな、毒味茶会ののち、一計を案じて殿のお命を守ったなどと、みずからの手柄を吹聴しおった。それゆえ、何ら罪には問われなんだ。逆しまに御台さまからは、お褒《ほ》めのことばを頂戴したとか」

一命をとりとめた香苗は、今も下屋敷の離室《はなれ》に閉じこめられているという。

醜いすがたを表に出し、事が露顕しては藩の体面が傷つく。かといって、理由もなく抹殺すれば、城内に動揺が走る怖れもあろう。できれば、生きのびてほしくなかったというのが、西部の本音らしかった。

「あの娘に毒を盛った真の理由は別にあってな」

西部はうっかり、口を滑らせた。

「まあ、おぬしに告げたところで詮無いはなしじゃが。哀れな娘を茶会に推挙いたしたのは、八雲《やくも》と申す女中頭じゃ。八雲は雲阿弥の娘、城内でも指折りの美貌と謳われた娘であったが、悋気の強すぎる性分が周囲から疎まれた。それがために、側室のお声掛かりもなかったのじゃ」

若くて美しい香苗に、八雲は悋気を抱いた。どうにかして抹殺したいと考え、実父の雲阿弥に相談した。雲阿弥は娘の懇願を聞きいれ、茶会に託《かこつ》けて香苗を陥れたのだと、西部は断言する。

「柚野も裏事情を承知のうえで茶会を催したのじゃ。ふむ、大筋は外しておるまい」

それが事実なら、はなしの筋立てはちがってくる。殿様のために「凍て雲」を験《ため》したのではなく、そのことを利用して気に食わぬ相手を葬りさろうとしたのだ。
勘兵衛には、非道な者たちのどす黒い心情が透けてみえるようだった。
雲阿弥と八雲の父娘、柚野もふくめた三人が、許しがたい相手として大写しになってくる。

　しかし、それだけわかっていながら、なぜ、西部は三人を断罪しないのか。

「確たる証拠がない」

下手にほじくれば、自分が火の粉をかぶってしまう。

西部という男も、世渡り上手な留守居役のひとりなのだ。

「ちと喋りすぎたわ。さ、もうよかろう、凍て雲を渡せ」

再度に亘《わた》って請われ、勘兵衛はきっぱり言いきった。

「お断りいたす」

「なに」

「こちらの条件を呑んでいただかぬことには、お返しできませぬ」

「愚か者め」

西部は憮然と言いはなち、席を立った。

来訪者たちは風のように去り、宝物を納める古い桐箱だけが残された。

「忘れ物か」

ぽつんとこぼしたところへ、兵庫が顔をみせた。

奥の部屋に隠れ、なりゆきを窺っていたのだ。

「西部さまをお見掛けした瞬間、心の臓が飛びださんばかりになりました」

「そら、そうだろうな」

「これ以上、長尾さまにご迷惑は掛けられませぬ」

「出ていったところで、野垂れ死にするだけだぞ。考えるな、おぬしは何ひとつ考えずともよい」

「でも」

「それより、香苗どのが案じられる。どうにかせねばなるまい」

「そう申されても、どうしようもありませぬ。看病したくとも会わせてもらえぬのです」

「いつから」

「もう二月《ふたつき》半になります」

「さようか」

勘兵衛は腕を組み、じっと考えこむ。

茶会の数日後、兵庫は離室に忍びこみ、いちどだけ姉に会うことができた。

美貌を誇っていた香苗の顔は毒のせいで変色し、右半分が腐りかけていたという。

「番士にみつかり、横尾さまに告げ口され、つぎは姉弟ともども命がないぞと脅されました。それから、姉とは会えず仕舞いに……くそっ」

救おうにも手だてがないのだと、兵庫は口惜しがった。

その肩に、勘兵衛は手を置いた。

「留守居役の口振りから推すと、生きておるのは確実だ。希望は捨てるな」

「は、はい」

おもわぬ人物の来訪で、事の真相は明らかになりつつある。

しかしながら、解決に至る明確な答を見出すことはできない。

いったい、どのようにして、垣添姉弟を追いつめた連中に鉄槌をくだすのか。

と同時に、香苗と兵庫の名誉をどうやって回復させてやるのか。

そもそも、廻り同心の手がおよぶ範疇《はんちゅう》のはなしではなかった。

一介の十手持ちがどう立ちまわろうと、松江藩の頑強な扉をこじ開けることはできそうにない。かえって、深みにはまるだけだ。盗人に加担する罪人として、いずれ訴えられるにちがいない。

勘兵衛はひとり、縁側へ歩をすすめた。

鳥もおらず、庭はしんと静まりかえっている。

わずかに聞こえてくるのは、黄落した銀杏の枝が風に揺れる音だけだ。

――どうする、勘兵衛。

心に呼びかけても、応じる声はない。

八

宝物の大井戸茶碗は、古い桐箱にしっくりと納まった。

茶碗にも帰るべきところが必要なのだと、勘兵衛はおもった。

江戸城に出仕する知りあいの手蔓をたどって調べたところ、西部帯刀の急がねばならぬ理由が判明した。

「来る二十八日の月次《つきなみ》御礼《おれい》登城の際、江戸城中奥の双飛亭《そうひてい》にて、上様主宰のお茶会が催されます」

松平不昧も招かれたその茶席において、将軍家斉は「喜左衛門」と「凍て雲」を鑑賞したいとの希望を口にしたのだ。

「どちらか一方が欠けてもまずいのだとか」

「ふうん」

仁徳は勘兵衛の説明を聞き、つまらなそうに鼻をほじくった。

「そうとなれば、不昧の殿さんは、是が非でも凍て雲を携えてゆかねばなるまいのう」

「まるで、他人事のように仰いますな」

「あれれ、他人事ではないのか。凍て雲の運命がどうなろうと、わしらにゃ関わりのないことじゃ。どうせなら、三和土《たたき》にでも投げつけて粉微塵にしてしまえ。おう、それがいい、それが若僧の望んでおったことじゃろう」

「ふう、年寄りは短気で困る」

「なんじゃと、わしを年寄りあつかいする気か。え、後家殺しのわしを」

「ほほう、後家殺しとはまた大きく出ましたな、恐れ入谷の鬼子母神だ」

「阿呆、鬼子母神といえば雑司ヶ谷じゃ、今時分は会式桜が咲いておろう」

「神無月に桜ですか」

「年に二度咲く桜もある。世の中にゃな、おぬしのごとき凡人の考えもおよばぬことはいくらでもあるのよ。還暦を過ぎた男でも恋をすることはある。それが恥ずかしいことか、え、文句があるんなら言うてみい。この唐変木《とうへんぼく》め」

勝手に怒ってまくしたて、仁徳は自分の部屋へ消えてゆく。

からかってやりたいところだが、楽しみはあとにとっておこう。

「父上」

綾乃が、何やら真剣な顔でそばに寄ってきた。

「おう、若僧はどうしておる」

「勝手口で鬱《ふさ》ぎこんでおられます」

「無理もあるまい、十六はまだ子供よ。聞けば、父ばかりか母も亡くなっておるそうではないか。血を分けた肉親は姉だけ、その姉は生死の境を彷徨《さまよ》っているかもしれないというのに、会うことすらできぬ」

「可哀相です、ほんとうに」

「で、何用だ」

「はい、香苗さまのご病状ですが、兵庫どのにお聞きしたところ、軽粉《けいふん》（水銀《すいぎん》の一種）による浮腫《ふしゅ》ではないかとおもわれます」

「ほう」

「もし、そうであるなら、山帰来《さんきらい》が効くかもしれませぬ」

「なるほど、山帰来か」

梅毒の治療に使う軟膏《なんこう》に「紫金膏」というものがある。主成分は軽粉なので、中毒の副作用をともなう。その解毒に使うのが「山帰来」であった。

勘兵衛は夜鷹を情報源にしているので、知りあいに梅毒持ちが多い。薬に関してもある程度の知識はあった。

主成分は菝葜《さるとりいばら》、雑木林に自生する植物の根だ。百合科の落葉低木で、光沢のある肉厚の葉は竹に似ている。薬材となる根茎の色は赤く、朝鮮人参のように節榑立《ふしくれだ》っており、味は山芋に似ていた。

名の由来が可笑《おか》しい。梅毒に罹って山へ逐《お》われた者が菝葜の根を囓《かじ》って治癒し、山から里へ帰って来ることができた。ゆえに「山帰来」と命名されたのだ。

根茎は水で洗い、天日で何日か干したものを煎《せん》じて呑む。腫れ物や関節痛はもちろん、尿道炎などにも効く。勘兵衛は疝気《せんき》持ちなので、験したことがあった。が、高価な薬なので、おいそれとは使えない。

「どくだみや薄荷《はっか》、それに麝香《じゃこう》や牽牛子《けんごし》（朝顔の一種）なども、上手に配合しなければなりませぬ。でも、かなりの効果は期待できるかと」

「ふむ、でかしたぞ。その件は仁徳どのに相談したのか」

「いいえ、これからです」

「よし、さっそく相談いたせ」

「はい」

走りさる綾乃の背中を見送り、勘兵衛はつぶやいた。

「あと十四日」

江戸城中奥にて催される茶会までに、西部帯刀は何らかの手段を講じ、宝物を取りもどそうとするだろう。金を積んでもだめなら白刃で脅しに掛かり、それでもだめなら幕閣に掛けあって老中を動かすかもしれない。

事が大袈裟になれば、不浄役人ごときは鼻息ひとつで吹きとばされてしまう。

奉行の根岸鎮衛に泣きを入れても、御役御免は免れまい。

なにせ盗人を匿《かくま》っているのだ。巨象のごとき大藩を相手に正面切って戦ったところで、所詮、勝ち目はない。

「先手必勝、あとは運に賭けるか」

勘兵衛は意を決して立ちあがり、客間から「凍て雲」の納められた桐箱を持ちだした。

格子縞の着物に黒紋付きを羽織り、腰帯に大小をぶちこむ。

背中に朱房の十手を差し、ぺっと唾を吐いた手で両鬢《びん》を撫でつけた。

「綾乃、行ってくるぜ」

ぞんざいに言いはなち、家を飛びだすと、肩で風を切って横丁を闊歩《かっぽ》する。

懐中《ふところ》には、巻紙が忍ばせてあった。

一晩寝ずに考え、どうにか文字にしたものだ。

「はたして、読んでもらえるかどうか」

運が良ければ、日の目もみよう。

ともかく、勘兵衛は「凍て雲」を小脇に抱え、京橋、銀座、尾張町と道を稼いだ。

健脚だけが自慢のこの身、ゆえに「うぽっぽ」などと不名誉な綽名《あだな》を付けられた。

付けられた当初は気に入らなかったが、露地裏や横丁から「うぽっぽの旦那」と声を掛けられるうちに、親しみを感じるようになった。

愛称とは不思議なものだ。呼ばれつづけているうちに、味わいも生じてくる。「うぽっぽ」という呼称が、みずからの生きてきた足跡そのものに感じられてならない。

勘兵衛は蒼天の雲を仰ぎ、堅牢な山下御門を抜けた。

大名屋敷の狭間《はざま》を縫うようにすすみ、一路、西へ足をむける。

霞ヶ関の急坂を登りきったころには、額に汗を滲《にじ》ませていた。

さらには、山王の杜《もり》を左手に眺め、赤坂御門をめざしてゆく。

たどりついたさきは、松江藩の上屋敷であった。

聳《そび》えたつ白い壁面が、碧色の水面に映っている。

水面は溜池に繋がる外濠、冷たい風が吹きあげてくる。

盛夏ならば気持ちも良かろうが、今の時季は日中でもかなり寒い。

櫓組みの御成門を横目にみながら通りすぎ、台所門の門番に来意を告げた。

「御留守居役、西部帯刀さまにお目通り願いたし」

しばらく待たされたのち、面会の許可が出た。

門の内へ導かれた瞬間、広大な玄関へとつづく長い敷石の道があらわれた。

九

十四日後、二十八日。

あいにくの雨だ。

――どどん、どどん。

太鼓の音色が厳めしげに響いている。

諸大名に登城を促す西ノ丸太鼓櫓の触れ太鼓だ。

神無月は上の亥日に玄猪《げんちょ》の拝賀があったので、諸大名が行列を立てて登城する月次御礼登城は二十八日の一日かぎりと通達されていた。この日、在府の大名は挙《こぞ》って登城しなければならない。

大名の登城は五つ前後からはじまり、老中と若年寄が駆け駕籠で登城する四つ過ぎには終わる。一方、退出は諸大名で正午前後、老中と若年寄は八つ下がりと決まっていた。

いずれにしろ、供人たちはかなりの長時間、下馬先に座りつづけなければならない。夏の日照りも辛いが、雨の日も辛い。忍の一字で耐えしのぶしかなく、勤番侍にとって下馬先は避けたい場所のひとつだった。

もっとも、駕籠を担ぐ陸尺《ろくしゃく》や槍持ちや挟箱持ちは多くが自前の中間《ちゅうげん》ではなく、口入屋から送りこまれた折助《おりすけ》どもである。そうした気の荒い連中を束ねる組頭あたりが、誰よりも神経を使わねばならぬ役どころのようだ。

辰の五つ半、桔梗《ききょう》門（内桜田門）の下馬先は、裃《かみしも》姿の供人たちで埋めつくされていた。石高順に定められた大名の序列は、そっくりそのまま供人の序列でもある。格上の藩は人数も多く、幅を利かせている。あからさまに格下の連中を莫迦にするので、下馬先はいつも殺気立っていた。

しかも、供侍《ともまち》と供侍の狭間には葦簀《よしず》張りの茶屋まで立ちならんでいる。食べ物や飲み物が随所で売られ、読売なども声を張りあげており、ちょっとした広小路《ひろこうじ》と化してしまう。

勘兵衛は雨をも厭《いと》わず、喧噪《けんそう》のなかを歩きまわった。

諸大名の供待は親藩、譜代、外様に分かれ、各々の序列もおおまかに決まっているものの、原則は到着順で下馬札に近いところに並ぶ。そうでなければ混乱をきたすため、石高がどうのと悠長なことは言っていられない。

勘兵衛は、松江藩の供揃えを探していた。

「まだ到着しておらぬようだな」

振りむいたさきに、連れがひとりいる。

黒紋付きを羽織った垣添兵庫であった。

小銀杏髷に結い、見習い同心のようだ。

「この雨で、せっかくの髷もだいなしか」

勘兵衛が微笑みかけても、兵庫は緊張でことばが出てこない。

さきほどから、眸子を飛びださんばかりに瞠《みは》っている。

雨を弾く内濠の水面は、灰色にくすんでいた。

濠には太鼓橋が架かり、橋むこうに桔梗門がみえる。

下馬札の脇から、役人の呼出が掛かった。

「各々方、立ちませい」

供待の一角がざわめき、何処かの殿様を乗せた網代《あじろ》駕籠が下馬札の横を過ぎてゆく。

本丸へ登城するものはかならず、桔梗門か大手門のどちらかを通過する。

駕籠に乗った大名は十余名の供揃えで太鼓橋を渡り、橋むこうの門をくぐりぬけ、下乗橋へとむかうのだ。御三家を除く諸大名はみな、下乗橋手前で駕籠を降りねばならない。

そこからは、五人に減った供揃えで中ノ門へとすすむ。さらに、中ノ門から本丸御殿の玄関までは、御三家といえども殿様ひとりで歩いてゆかねばならない。

国持ち大名が裸に剝かれ、身に寸鉄も帯びずに城へ吸いこまれてゆく。

幕府の権威は、こんなふうに保たれているのだ。

勘兵衛は茶屋の軒先を借り、兵庫を招きいれた。

「おぬし、下馬先ははじめてか」

「はい」

「はじめての登城見物が、見納めになろうとはな。かくいうわしも、下馬先へはあまり立ちよらぬ。何やら気忙《きぜわ》しゅうてな。さよう、玄猪の儀のおりに見廻りで駆りだされて以来か」

玄猪の儀は、八朔《はっさく》や嘉定《かじょう》とならぶ幕府の重要な行事だ。子だくさんの猪にあやかって子孫繁栄を願い、ついでに病気平癒も祈念する。将軍着座のもと、大広間にて諸大名に亥《いの》子餅《こもち》が配られるのだ。

餅は大豆、小豆《あずき》、胡麻、栗、柿などを練りこんだ牡丹餅《ぼたもち》で、けっこう美味《うま》い。玄猪の祝いは武家一般の慣習なので、勘兵衛も兵庫も亥子餅の味を知っていた。

「玄猪の拝賀は夕刻の登城と定められておってな、大手門と桔梗門の両門には篝火《かがりび》が焚かれるのだ」

周囲は薄闇、中間同士で喧嘩沙汰が起きやすい。番士だけでは見張りの数が足りず、町奉行所からも廻り同心が助っ人に駆りだされた。

「そういえば、めずらしいものをみたぞ。駕籠訴《かごそ》だ」

「駕籠訴、ですか」

「ふむ、狙われたのは長門《ながと》沢瀉《おもだか》、長州藩毛利家三十七万石よ。大藩だけあって供侍の数も群を抜いておったし、屈強な馬廻り衆が駕籠脇を固めておったわ。御殿様を乗せた黒漆塗りの網代駕籠が、下馬札のすぐそばまでやってきた。そのときだ。山狗《やまいぬ》のごとき雄叫《おたけ》びとともに、何者かが駕籠に突進していきよった」

それは、物売りに化けた百姓たちであった。郷里の惨状を訴え、年貢を軽減してもらうべく、藩主への直訴に踏みきったのだ。

「三人おったぞ」

「ど、どうなったのですか」

「馬廻り衆の手で、あえなく峰打ちにされた。御殿様に訴えは届かず、三人は郷里で獄門首にされたそうだ」

駕籠訴は命懸けで窮状を訴える非常手段、訴えが正しくとも訴人は厳罰を受けねばならない。

「犬死にではありませぬか」

「いいや、そうともかぎらぬ」

郷里の百姓たちは勇気ある三人を「駕籠訴さま」と仰ぎ、神棚に祀った。三人の遺志を継いだ者がまた、馬喰町の公事《くじ》宿に待機しながら訴えの機会を窺うのである。

「訴えた者は首を刎《は》ねられ、また別の者が遺志を継ぐ。その繰り返しだ。仕舞いには殿様が折れ、百姓たちの要求をある程度は呑まざるを得なくなるのさ」

「なるほど」

「おぬしもやってみるか」

「え」

「不昧の殿さんにな、茶碗だけでなく、辛酸を舐《な》めさせられた藩士の苦労にも目をむけてくれと訴えるのさ。どうだ、やってみるか」

兵庫は黙りこみ、奥歯をぎゅっと噛みしめる。

勘兵衛は胸を反らし、呵々《かか》と嗤《わら》いあげた。

「おいおい、真に受けるなよ」

そうした会話を交わしているところへ、お目当ての供揃えがやってきた。

松江藩十八万六千石、大藩だけあって供揃いの数も多い。長柄の槍持ちを露払いにしつつ、背の高い陸尺どもが黒漆塗の網代駕籠を担ぎ、周囲を強面《こわもて》の供侍たちが固めている。

「さて、まいるか」

勘兵衛はみずからの姓名身分をあきらかにしたうえで、奉書の巻紙に「毒味茶会」の経緯と「凍て雲」が盗まれた事情をしたため、古い桐箱の底に隠した。そうやって細工をほどこしたのち、留守居役の西部帯刀を介して松平不昧のもとへ返却したのだ。

松江藩の供揃えは、下馬札から少し離れたところに落ちついた。

登城の呼出が掛かるまで、今しばらくの猶予はある。

大股ですすむ勘兵衛を、兵庫が呼びとめた。

「お待ちを、長尾さま、お待ちを」

「ん、どうした」

「足が、足が縺《もつ》れてすすみませぬ」

「はは、そうか。なれば、よいことを教えてやろう。左のてのひらを出してみろ」

「こ、こうですか」

「ふむ、てのひらに不昧と書き、舌で舐めるのだ」

「え」

「さあ、やってみろ」

「できませぬ」

「いいから、やれ」

「は、はい」

兵庫は素直に頷き、言うとおりにした。

「どうだ」

「何やら、からだが軽くなりました」

「素直に言うことを聞けばよいのだ。さ、堂々と胸を張って歩け」

「はい」

雨は熄む気配もない。

勘兵衛と兵庫は濡れ鼠のまま、松江藩の供侍へたどりついた。

「あっ」

蟹のような体格の供侍が、さっそく驚きの声をあげた。

小納戸組頭の横尾数馬が血相を変え、跳《は》ねを飛ばしながら駆けてくる。

「ほうれ、来なすったぞ」

横尾は眦《まなじり》を吊りあげ、口から泡を飛ばした。

「この不浄役人め、何しにまいった。しかも、そこにおるのは垣添兵庫ではないか、こんなところで何をしておる」

「横尾どの、それはあちらのお方にお訊《たず》ねいただきたい」

「なに」

勘兵衛が指差すほうへ、横尾は太い首を捻りかえす。

白髪まじりの肥えた月代侍が、ひらりと手をあげた。

袴の股立ちを取り、こちらへゆっくり歩んでくる。

留守居役、西部帯刀であった。

「西部さま、これはどうしたことでありましょう」

横尾が食ってかかると、西部は黙って網代駕籠のほうを振りむいた。

豪奢な網代駕籠は三十間ほど離れた雨中に霞み、内側の様子はまったくわからない。

ただ、小窓が少し開いていた。

西部はこちらにむきなおり、顎をぐっと引いた。

「横尾、わが殿が両名をお呼びになられたのじゃ。凍て雲を盗んだ不埒者と、盗人を匿う不浄役人の面を、どうしてもご覧になりたいと仰られてな。召放にした者を、藩邸に呼びつけるわけにもいかぬであろうが。下馬先ならば、誰に気兼ねする必要もあるまい。わかったか。わかったら、むこうで控えておれ」

「はは」

横尾は機械《からくり》人形よろしく踵《くびす》を返し、摺《す》り足でもどってゆく。

勘兵衛はさきほどから、射るような不昧の眼差しを感じていた。

「長尾どの、垣添香苗の容態はどうじゃ、わが殿は案じておられる」

「は、山帰来なる妙薬を処方し、恢復《かいふく》にむかっておりまする」

「山帰来とな。あの醜き面相も治癒いたすのか」

「まちがいなく、治癒いたしましょう」

「そうか、それをお聞きになれば、わが殿もことのほかお喜びになろう」

「は」

勘兵衛は網代駕籠にむかって、軽く頭を垂れた。

じつは「凍て雲」を返却するにあたり、香苗の身柄を要求したのだ。

西部は事を隠密裡にはこぶ前提で条件を呑み、深更、香苗は闇駕籠で仁徳のもとへはこばれてきた。それから十日余りが経ち、香苗は自分で寝起きもし、家事を手伝うまでに恢復していた。

「おぬしの訴えは功を奏したぞ。柚野以下、毒味茶会に関わった者たちは、蟄居《ちっきょ》と相成った。追って厳しい沙汰が下されるのは必定じゃ。そこにおる垣添兵庫は、罪一等を減じて国元預かりといたす。そのように通達したはずじゃが、まことに断るのか」

西部に水をむけられ、兵庫はこっくり頷いた。

「ありがたきご沙汰にござりまするが、いちどは出奔した身にござります。藩へはもどれませぬ」

「生活《たつき》はどういたす」

「長尾さまに芝居町の長屋をご紹介いただきました。姉とふたりそちらに住み、生活を立てようかと」

香苗は琴と三味線ができるので、仁徳から三味線の師匠を紹介されていた。当面は師匠を手伝い、ゆくゆくは三味線指南の看板を掲げるつもりだ。一方、兵庫にもいずれ剣術の道場を開くという夢があった。

「何も言うまい。されば、おぬしらとわが藩とは縁が切れた。それでよいのだな」

「は」

「よし」

西部はほっと溜息を吐き、勘兵衛にむきなおった。

「長尾どの、そちはとんでもない男じゃ」

「ご迷惑をお掛けしました」

「やったことの大きさがわかっておるのか。一介の臨時廻りがよ、一国をあずかる藩主の力量を試したのじゃぞ」

「まさか、そんな」

「黙らっしゃい。わが殿はな、寛大な御心ですべてをお許しになられた。それどころか、おぬしに文面で猛省を促されたと仰せになられ、ここだけのはなしじゃが、剃髪《ていはつ》なされるおつもりじゃ」

「なんと、そこまでなされますか」

「わしがおもうに、すべては凍て雲が招いた災禍よ。のう、おぬしもそうはおもわぬか」

「はい」

「さればな」

西部は去りかけ、すぐさま、立ちもどってきた。

「うっかり忘れるところであったわ。わが殿より、おぬし宛ての文を授かってまいった」

懐中から取りだした文を、西部は恭《うやうや》しく手渡す。

「西部さま、これは」

「明後日、大崎の下屋敷にて、晦の茶会を催す。その招待状じゃ」

「え」

「わが殿はな、長尾勘兵衛という男にどうしても茶をお点てになられたいらしい。名誉なことである、断ってはならぬぞ。ぐふふ」

西部は不気味に笑ってみせた。

何やら、嫌な予感がする。

「西部さま、まさか、御殿様は凍て雲をお使いに」

「さあ、知らぬ。蔵には雲州名物がいくらでもあるからのう、わざわざ凍て雲を使うこともあるまいて。ぶはは」

高笑いを残し、西部は去っていった。

——どどん、どどん。

触れ太鼓が腹に響き、不味を乗せた網代駕籠が持ちあげられた。

兵庫は水溜まりに膝を埋め、駕籠にむかって土下座をしている。

勘兵衛は招待状を握りしめた。

「抹茶を呑むのも命懸けだな」

いつのまにか、雨は熄んでいる。

下馬先に風巻が吹き、塀際に植わった楓が真紅の葉を一斉に散らした。

紅葉が雨と降るなかを、黒漆塗の網代駕籠は静かに遠ざかってゆく。

太鼓橋を渡り、桔梗門のむこうへ消えていった。

つわぶきの里

一

夕刻の八つ半を過ぎ、一段と寒さが増してきた。

空は一面の鉛色、土手からのぞむ川面も薄墨を流したような昏《くら》さだ。

熱燗でも飲《や》りたい気分だが、新川河岸の横丁にへばりつく居酒屋はまだ一軒も開いていない。暮れ六つの鐘が鳴るまで、一刻半もある。

川面には菰樽《こもだる》を積んだ艀《はしけ》が行き交い、河岸では荷役夫たちが汗を流している。

上方から新酒が下ってくるこの時季は、朝から晩まで河岸の喧噪が途絶えることはなかった。

勘兵衛は二ノ橋、三ノ橋と通りすぎ、大川への注ぎ口に足をむけた。

霊岸島の新川沿いには酒蔵が建ちならび、酒をあつかう問屋が幅を利かせている。ただし、東の四日市町や塩町のあたりには、瀬戸物をあつかう小売りが多い。江戸一番の安さという触れこみで、河岸には市が立つ。ゆえに茶碗河岸とも称され、日本橋あたりのお店者などもまとめ買いにやってくる。

茶碗河岸を過ぎれば、そのさきは大川で行きどまり、稲荷明神の裏手から汀《みぎわ》に降りたあたりは釣りの穴場だ。

「ふふ、おるな」

案の定、蓑笠《みのがさ》をかぶった男が釣り糸を垂れている。

肩幅のがっしりした大柄の男だ。葉を散らした唐松の根っ子に座り、彫像のように動かない。

勘兵衛は跫音《あしおと》を忍ばせて近づいた。

男の耳がぴくりと動く。

木菟《みみずく》の羽角《うかく》のように尖った耳だ。

「どうだい」

背後から、そっと声を掛けた。

男は振りむきもせず、汀に浸した魚籠《びく》をもちあげた。

釣果《ちょうか》は無し、おもったとおりだ。

「鯊《はぜ》かね」

勘兵衛は男の横にまわり、裾《すそ》を割って屈みこんだ。

十手持ちと気づいても、男は眉ひとつ動かさない。

性根の据《す》わったやつだなと、勘兵衛はおもった。

「鯊は莫迦《ばか》でも釣れると言うが、冬の落ち鯊は別よ。深《ふけ》えところにいるから、陸《おか》釣りじゃ無理だぜ」

「旦那《だんな》の仰《おっしゃ》るとおりです」

「なあんだ、わかってんのか」

「はい」

男は川面をみつめたまま、相槌を打った。

鼻筋の通った役者顔だが、目尻の皺は深い。

年は五十に近いかもしれぬ。いずれにしろ、この界隈では見掛けぬ顔だ。

「糸を垂れてどのくれえになる」

「朝からずっとです」

「この寒いなかをか」

「いちど座っちまうと、つい、尻が重くなっちまって。一日じゅうこうしていても苦にゃなりません」

「ふうん、おめえ、江戸者じゃねえな」

「よくおわかりで」

「江戸者ってな気が短え、こんな吹きっさらしの川端に半刻も粘っちゃいられねえさ」

「江戸者は釣りに向いちゃいない、ってことですね」

「はは、言われてみりゃそうだな。おめえ、椋鳥《むくどり》（出稼ぎ人）か」

「いいえ」

「生まれは」

「石州です」

「石州というと、銀山のある」

「はい」

「そいつは遠いな。石州の何処だ」

「津和野《つわの》ですよ」

「城下町じゃねえか、なあ」

津和野は石州和紙の本場である。

「亀井家（津和野藩四万三千石）の御殿様は年貢を紙で納めさせると聞いたぞ」

「ええ。じつは、あっしも紙漉《す》きをやっております」

「ほう、紙漉き職人かい」

「はい、深川の石州屋さんで厄介に」

「なるほど、津和野藩御用達の紙問屋、石州屋の江戸店に出入《でい》りしているってわけだな。

女房子供は」

「おりやせん」

「独り身か」

「はい」

「年はいくつだ」

「四十二の本厄です」

「もっと上かとおもったぜ。ずいぶん苦労したんじゃねえのか」

「別に、苦労なんざしておりませんよ」

「そうかい。紙漉き職人にしちゃ、漁師みてえに潮焼けしてんじゃねえか」

「へへ、旦那」

「なんだよ」

「あっしに何か御用でも」

男は軽く微笑《ほほえ》んだが、目は笑っていない。

勘兵衛は「こほっ」と、空咳を放った。

「今朝方、まだ明けもしねえ寅《とら》の七つごろ、塩町の自身番に蜜柑箱《みかんばこ》を抱えた男があらわれた。お稲荷さんの赤い鳥居の根元で拾ったと言い、男は番太郎に蜜柑箱を預け、うしろもみずにとっとと居なくなった。蜜柑箱のなかを覗《のぞ》いてみると、産着にくるまった乳飲み子がすやすや眠っていやがった」

番太郎によれば、男は大柄で年は五十前後、手に釣り竿を提げていたという。

「ひょっとして、そいつは、おめえじゃねえのか」

男は顔を伏せ、返事をしない。

「まさか、おめえが捨てたんじゃあんめえな」

「旦那は、そいつを疑っていなさるんで」

「疑ってほしくなきゃ、拾ったときのことを聞かせてくれや」

「女をみました。菰を抱えた白塗りの痩《や》せた女です」

「夜鷹《よたか》か」

「たぶん」

「そいつが蜜柑箱を」

「はい。呼びとめましたが、女は川っ端へ駆けてゆき、闇の底へ消えちまったんです」

「ふうん。で、おめえは蜜柑箱を拾った」

「すぐにじゃありません。女は気が変わり、取りもどしにくるかもしれねえ。そいつを期待しながら、鳥居の陰で半刻ほど待ちました。でも、半刻が限界でした。夜明けまで放《ほう》っておいたら、乳飲み子は凍えちまう」

「仕方なく蜜柑箱を拾い、近くの自身番へ届けたってわけか。そんとき、何で名乗らなかった。名乗りゃ褒美が貰えたのに」

「厄介事に巻きこまれたかねえんです。旦那、このへんで勘弁してやっておくんなさい」

男はぺこりと頭をさげ、釣り糸を引きよせた。

手馴れた仕種で、継ぎ竿をたたみはじめる。

おやとおもい、勘兵衛は首をかしげた。

「その釣り竿、七本継ぎかい」

「はい」

「高価そうな品じゃねえか」

「自分でこさえたんでさあ」

「ほほう、継ぎ竿をつくれんのか。その竿なら売り物になるぜ」

「まさか、他人様に売るほどのものじゃござんせんよ」

男は立ちあがり、腰を伸ばした。

勘兵衛よりも、頭ひとつ大きい。

「わるかったな、釣りの邪魔をしちまって」

「とんでもねえ」

「あと一刻もすりゃ日が暮れる、そこいらへんで一杯飲《や》らねえか、おごるぜ」

「そんな、もったいねえ」

「遠慮すんな、横丁に浮瀬《うかむせ》という縄暖簾《のれん》があってな、美人女将《おかみ》と馴染《なじ》みなのさ」

「旦那、申し訳ねえ、あっしは下戸なんでさあ」

「お、そうかい。だったら仕方ねえか」

「お気持ちだけ、ちょうだいしときます。じゃ、ごめんなすって」

津和野生まれの紙漉きは、大きな背中をまるめて遠ざかり、土手のむこうへ消えた。

肝心の名を聞き忘れたが、まあよかろう。

勘兵衛も川を背にして、ゆっくり歩みはじめた。

ふと、空を仰げば、冷たいものがちらちら落ちてくる。

「初雪か」

吐く息も白い。

勘兵衛は、ぶるっと肩を震わせた。

二

煤《すす》けた壁には、おかめ面の付いた熊手が飾ってある。

おふうが縁起を担ぎ、浅草の酉《とり》の祭《まち》で求めたものだ。

熊手の隣には、法螺貝《ほらがい》でつくった「うかむせ」も飾ってあった。

七合五勺入りの大杯だが、実際にそれで酒を呑んだ者はいない。

勘兵衛はおふうの酌で上等の酒を呑み、絶品の肴《さかな》に舌鼓を打った。

肴は鯊の刺身、脂の乗った落ち鯊は、甘露煮よりも刺身が美味《うま》い。

「それはお馴染みさんのお土産、鉄砲洲沖で釣りあげたんですって」

「ふうん、誰だ、そいつは」

「あらいやだ、恐いお顔。もしかして、妬《や》いていらっしゃるの」

「莫迦言うんじゃねえ」

「うふふ、茶碗河岸のご隠居ですよ」

「儀介《ぎすけ》か」

「はい」

「なあんだ、儀介の爺様なら心配はいらねえ、棺桶に片足を突っこんだ耄碌爺《もうろくじじい》だからな」

「まあ、失礼な。ご隠居は気持ちも身体もしゃんとしておられますよ」

「はは、わかったわかった」

「旦那、もひとつどうぞ」

「お、すまねえ」

おふうはよろけ縞《じま》の袂《たもと》をつかみ、ほっそりした白い手で酌をしてくれた。

勘兵衛は盃をくいっと呷《あお》り、満足そうに息を吐く。

酒は池田満願寺の生諸白《きもろはく》、酌をする女将は常連に普賢菩薩と崇《あが》められる三十なかばの美人、これ以上の贅沢《ぜいたく》はあるまい。

「まことに良い吞みっぷり、だから、あたしは旦那が好き」

おふうは長い睫毛《まつげ》を伏せ、わずかに恥じらってみせる。

何ともいえない艶《つや》があり、酔いのまわりも早くなった。

「おふう、亭主に死なれて何年になる」

「六年ですよ」

「六年か、早えもんだなあ。長治《ちょうじ》は一本気で良いやつだった」

「なんですよう、旦那」

「初雪をみたら、何やらしみじみしちまってなあ」

「しみじみだなんて、旦那らしくもない」

　おふうは、けっして客に媚《こ》びたりはしない。悲しいときは泣き、腹の立ったときは真剣に怒る。可愛い仕種で甘えるかとおもえば、ぷいとそっぽをむく。気まぐれな風のように客のあいだを吹きぬける。そんな女将会いたさに、馴染みの連中は「浮瀬」の暖簾をくぐる。女の細腕一本で店を切り盛りしてこられたのは、おふうに人を惹《ひ》きつける魅力があるからだ。

　浮瀬という名は勘兵衛が付けた。

　身を捨ててこそ浮む瀬もあれ、という座右の銘から採った。

「一身を擲《なげう》つ覚悟がなければ、何事も成就しない」

　酔った勢いで同心魂を披露したところ、おふうの琴線に触れたのだ。

　もっとも、この店では十手持ちであろうと誰だろうと、客のひとりにすぎない。威張りちらしたり、管を巻いたりするようなら、すぐに追いだされ、塩を撒《ま》かれる。馴染み客はみな、おふうに塩を撒かれるのを恐れた。二度と店の敷居をまたがせてもらえなくなるからだ。

勘兵衛は鯊の刺身をたいらげ、煮転がした八頭《やつがしら》を箸《はし》でつつきはじめた。

「おもしろい男に会ったぞ。一日じゅう川に釣り糸を垂れ、一尾も釣れぬというのに気にも掛けぬ。のんびりした太公望さ。そいつがお稲荷さんの鳥居の下で蜜柑箱を拾ってな」

「蜜柑箱って……もしや、捨て子ですか」

「そうだ、勘がいいな。夜鷹の捨てた乳飲み子らしいんだが、太公望は蜜柑箱ごと番屋へ預けていきおった」

「ご奇特なお方ですねえ。でも、その子、どうなっちまうんだろう」

「母親を捜してはみるが、たとい、みつかっても子を返《け》えすわけにゃいかねえ。どうせ、育てられっこねえんだ。そうなりゃ、町内みんなで助けあって育ててゆくより仕方あんめえ。七つまでは神の子っていうじゃねえか、なあ。誰の子であろうと、大人たちにゃ育てる役目ってもんがある」

勘兵衛は、いつになく熱く語った。

「そういえば、旦那も」

と言いかけ、おふうは口を噤《つぐ》んだ。

勘兵衛も捨て子であったことをおもいだしたのだ。

「ま、おれのはなしはいいじゃねえか。子を助けた男のことだがな、そいつは紙漉き職人だそうだ」

「へえ」

「生まれは津和野さ」

「津和野って、出雲大社のさきの」

「そうだ、知ってんのか」

「このところはお見えになりませんけど、忘れたころにふらりとお立ちよりになるご浪人がおられましてね。泣き上戸なんですよ、そのひと。酒がはいるといつもきまって、津和野のご城下のおはなしをなさるんです」

「ほう」

三本松城の築かれた城山と大地を潤す津和野川、山川に囲まれた城下町には石州瓦と海鼠《なまこ》壁の武家屋敷が整然と建ちならんでいる。

「堀川の清水には鯉が泳ぎ、ひとびとの気質は穏やかで、のんびりしているとか。あ、そうそう、ちょうど今時分、城下にはつわぶきの花が咲きみだれるそうですよ」

「ほう、つわぶきの花か」

石蕗《つわぶき》は菊に似た黄色い花、津和野という地名の由来でもある。

浪人者は毎年、遠路遥々《はるばる》、石蕗に埋めつくされた里の光景を愛《め》でにゆくらしい。

勘兵衛は眸子《まなこ》を瞑《つむ》り、遥かな雲路へおもいを馳せた。

「旦那、黄一色のお花畑が目に浮かびましたか」

「ふふ、おめえは何でもお見通しだな。ところで、その浪人者、津和野藩と関わりのある男か」

「いいえ、それが妙なんですよ。津軽の弘前で生まれ、弘前藩の禄を食《は》んでいたって仰るんです。西方の津和野と北端の津軽、津だけがいっしょで何の因果もない。だのに、津和野のおはなしばかりなさるんですよ、そのひと」

「たしかに、妙だな」

「いちど、それとなく聞いてみたことがあるんです」

「津軽者が津和野にこだわる理由《わけ》をか」

「はい。でも、これには深い理由があると仰って、おんおん泣くばかり。肝心のことはおはなしにならないんですよ。ただ」

「ただ、なんだ」

「ええ。自分の叫んだひとことが、見も知らぬ男の人生を変えてしまったとかどうとか、そんなことを仰るんです」

「ほう」

他人の人生を変えてしまうほどのことばとは、いったい、どのようなものなのか、勘兵衛は知りたくなった。

「浪人の名は」

「三田村惣次郎《みたむらそうじろう》さまです」

「住まいは聞いたか」

「なんでも、浅草の今戸で窯《かま》を築き、土器《かわらけ》をつくっておられるとか。茶碗河岸へもよく売りにこられるそうですよ」

「ふうん」

「お捜しになるの」

おふうが、すっと顔を近づけてきた。

伽羅《きゃら》が仄《ほの》かに匂いたち、頭がくらっとなりかける。

勘兵衛は曖昧《あいまい》な笑みを浮かべ、盃を唇もとに寄せた。

「旦那、空ですよ、さ」

おふうは小首を可愛くかしげ、銚子をかたむけた。

「おはなしはちがいますけど、文月《ふづき》の二十六夜待ち、ご家族揃って高輪《たかなわ》の岬亭《みさきてい》でお月見の宴を催されたそうですね」

「誰に聞いた」

「つい先だって、仁徳先生がふらりとお見えになられ、二合だけお呑みになって帰られました」

「酔いどれ医者は何を喋った」

勘兵衛が不機嫌そうに質すと、おふうは喋りにくそうに睫毛を瞬いた。

「あたし、とっても驚いたんですよ。なにせ、二十年前に行方知れずになった旦那の奥様が、比丘尼の小舟に乗ってあらわれたと仰るものですから」

小舟は浜へ漕ぎつけず、月のみさきを離れ、金鱗の波濤《はとう》に翻弄されながら、月光に吸いこまれるがごとく消えてしまった。

今にしておもえば、あれは夢だったのかもしれない。

「酔いどれ医者が、そう言ったのか」

「はい。夢はいつか醒《さ》めるもの、長尾勘兵衛にはそれがわかっていないと、先生は拳で床几《しょうぎ》を叩《たた》かれました。それから」

「それから、どうした」

「あんな男を待つこたあねえ、一刻も早く良い男でもみつけ、くっついちまいな。そう言いすて、飲み代も払わずに行っちゃいました」

「けっ、藪《やぶ》医者め」

「仁徳先生は、そんな必要なんかひとつもないのに、あたしに気を遣ってくれたんです」

気を遣ったのではなく、おふうを煽《あお》ったのだと、勘兵衛は見抜いた。

小夜《さよ》と名を変えた静は、むかしの記憶を失ったまま、江戸の闇に消えた。

それとなく捜してはいるものの、今のところ消息は杳《よう》として知れない。

――そんな女は忘れろ。

仁徳は従前より、勘兵衛とおふうをくっつけたがっていた。

「お気遣いは無用なんです。だって、あたしなんか、所詮、奥様にかないっこないもの……」

おふうは、突如《とつじょ》、ことばに詰まった。

「……ご、ごめんなさい。あたし、少し酔っているみたい。お気になさらないでね」

おふうはよろけ縞の袂をつかみ、盃に最後の一杯を注いでくれた。

勘兵衛は盃を呷り、ことりと床几に置く。

「さて、そろりと帰《け》えるかな」

いくら呑んでも、今夜は酔えそうにない。

外へ出ると、雪がしんしんと降りつづいていた。

――あたしなんか、所詮、奥様にかないっこないもの。

おふうの吐いた投げやりな台詞《せりふ》が、耳の底にへばりついている。

勘兵衛は黒羽織の襟を寄せ、重い足を引きずった。

三

翌朝、綾乃の声で起こされた。

「わあ、きれい」

縕袍《どてら》を引っかけ、障子戸を開ける。

目に飛びこんできたのは白一色の庭、木々や草花や満天星《どうだん》の垣根までもが帷子《かたびら》のような雪に覆われていた。

「父上、もうすぐ六つ半ですよ」

割烹着《かっぽうぎ》姿の綾乃が、つっと近寄ってきた。

「朝餉《あさげ》はどうなされます」

「風呂のあとにするか」

「福之湯へ行かれるのですか」

「ああ、冬至だしな」

「でも、足許が不如意でしょうに」

「どうせ、すぐに溶ける雪さ。ほれ、晴れ間もみえておる」

勘兵衛は東涯《とうがい》を指差した。

格子縞の着物に黒羽織を着込み、腰に大小を差す。

風呂へ行くにも、廻り同心は身だしなみに気を遣わねばならない。

ただし、雪駄ではなく、爪掛けのある高歯下駄を履いて家を出た。

まだ人に踏まれていない雪道に、二枚歯の痕《あと》が点々とつづく。

組屋敷からは炊煙が立ちのぼり、味噌汁の匂いが漂ってくる。

雪を踏む感触がじつに心地好い。

「ちちんちととん……」

口三味線で鼻歌まで飛びだした。

「……雪の降る日におまえとふたり、柚子《ゆず》湯へ浸かりにまいります。湯舟のなかでいちゃついて、梅干し婆に叱られるとくら」

提灯掛け横丁を突っきり、南茅場町の大路から日本橋川へむかう。

八丁堀にも銭湯はあるが、勘兵衛はわざわざ川向こうまで足を延ばす。

鎧《よろい》の渡しには、馴染みの船頭が待っていた。

「旦那、やっぱしおいでなすったね」

「あたりめえよ、これしきの雪で朝風呂をやめられるかってんだ」

「さすがは、うぽっぽの旦那、三度の飯より朝風呂がお好き」

「出してくれい」

「へえい」

胡麻塩《ごましお》頭に頬被りの船頭は返事を長く伸ばし、小器用に竿を操った。

小舟は鏡のような川面を滑り、ほどもなく向こう岸へたどりついた。

降りたところは小網町《こあみちょう》、思案橋のすぐそばだ。

堀留にむかって歩をすすめると、葺屋町の喧噪が聞こえてきた。

霜月は芝居正月、一年の門出となる目出度い通し狂言を観ようと、江戸じゅうから馴染み客が大挙して訪れる。朝未《まだ》きうちから木戸口前は押すな押すなの大騒ぎ、芝居客を当てこんだ物売りが大路を行き交い、軒を並べる芝居茶屋はてんてこ舞いの忙しさだ。

勘兵衛は喧噪を目前にして立ちどまり、親父橋の斜向《はす》かいにある「福之湯」へ足をむけた。

女湯の暖簾をくぐれば、撫牛《なでうし》の置物のような女が眠そうな目を寄こす。

「あら、おはようございます」

銀次の女房、おしまであった。

「旦那、今朝は柚子湯ですよ」

「お、そうかい」

「南瓜《かぼちゃ》を煮こんだので、お帰りにお持ちくださいな」

「ほほ、そいつはありがてえ」

板間の隅には、専用の刀掛けが置いてある。

勘兵衛は大小を掛け、素早く着物を脱いだ。

「うお、寒っ」

留め桶と糠袋《ぬかぶくろ》を提げ、震えながら流し板へむかう。

一番風呂だ。客はいない。

箔《はく》絵で飾られた破風《はふ》を仰ぎ、柘榴口《ざくろぐち》へ屈み入る。

濛々《もうもう》と湯気が立ち、視界も利かないほどだ。

ほんのりと、柚子の香りがした。

手桶で湯を汲み、さっと流す。

朝一番の風呂は熱い。

爪先をそっと入れ、膝から腰、腹から胸へ徐々に入れてゆく。

肩まで浸かると、心地好い痺《しび》れが爪先から脳天へ突きぬけた。

両手で顔を拭い、首筋をぱんぱん叩く。

そこでようやく、目覚めた気分になる。

町屋の女房たちは、贅沢な朝風呂なぞには来ない。

いそいそとやってくるのは芸者か妾、それも裕福な暮らしをしている女たちだ。

そうした女たちと遭遇しても、別にどうということはない。

酸いも甘いも嚙みわけた者同士、挨拶《あいさつ》を交わす程度のことだ。

もっとも、勘兵衛は長風呂ではない。朝風呂が好きなくせに、どちらかといえば烏の行水に近かった。

それを知ってか、銀次が踏みこんできた。

「旦那、旦那はおられやすかい」

柘榴口のむこうで、声が響いている。

「おう、何があった」

「葺屋町で喧嘩沙汰がありやしてね、浅葱裏《あさぎうら》の山出し侍が刀を抜きやがったんでさ」

「怪我人は」

「本人以外にゃおりやせん。そいつが狂犬みてえな野郎で、朝っぱらから酒を啖《くら》って酩酊しておりやしてね。自身番に繋《つな》いではおりやすが、なにせ、二本差しなもんで手を焼いておりやす」

「わかった、すぐに行く」

「すみませんね、せっかくの柚子湯だってのに」

「いいんだよ、ちゃんと浸からしてもらったぜ」

勘兵衛は柘榴口を潜りぬけ、板間でさっさと着替えて外へ出た。

ゆっくり浸かったわけでもないのに、茹《ゆ》で蛸《だこ》のように顔が赤い。

首筋や四肢のあたりからは、白い湯気が立ちのぼっている。

家へ帰って朝酒でも呑みたい気分だが、いま少しの辛抱だ。

銀次に案内され、葺屋町の自身番までやってきた。

「あ、うぽっぽの旦那、ごくろうさまです」

白髪頭を深々とさげるのは、家主の嘉《か》右《え》衛門《もん》である。

勘兵衛は誘われるがまま、障子を開けて玉砂利を踏みしめた。

番人の留造と店番の半六もおり、町役《ちょうやく》たちは困りきった顔をしている。

悪戦苦闘のあとを物語るように、畳の三帖間には食器や茶道具が散乱していた。

板戸で仕切られたむこうが、窓の無い殺風景な三帖の板間だ。

田舎侍は手鎖を塡《は》められ、板壁に据えつけられた鉄環に繋がれているのだ。

勘兵衛は下駄を脱ぎ、上がり框《かまち》にあがった。

「やけに静かだな」

「眠ってくれたところです」

「そうか」

勘兵衛に促され、嘉右衛門が板戸を引きあけた。

ざんばら髪の若侍が右手首に手鎖を塡められ、鉄環からぶらさがっている。

だらしなく口を開き、涎《よだれ》を垂らしていた。

腫《は》れあがった右目は、撲《なぐ》られた痕のようだ。

口唇も切れており、端に血が固まっている。

「けっ、手間を取らせやがって」

銀次が悪態を吐いた。

勘兵衛は無造作に近づき、裾を割って屈みこむ。

刹那、若侍が薄目を開け、右脚を振りまわした。

「うわっ、危ねえ」

銀次が叫ぶ。

亀のように首を縮めると、太い臑《すね》がぶんと月代《さかやき》を掠《かす》めた。

と同時に、勘兵衛の拳が相手の鳩尾《みぞおち》に埋めこまれる。

「うぐっ」

若侍は吊されたまま、苦しそうに呻《うめ》いた。

「おとなしくしておれ」

勘兵衛は若侍を叱り、嘉右衛門にむきなおった。

「所持品は」

「大小のほかに紙入れと、それから印籠《いんろう》がござります」

「印籠か、みせてみろ」

「はい、どうぞ」

「ほほう、黒漆地に金箔の家紋か、家紋は杏葉《ぎょうよう》牡丹《ぼたん》だな。こいつ、津軽の若侍かもしれぬ」

「弘前藩ですか」

「ああ」

何やら因縁《いんねん》めいている。

おふうの語った浪人者も、弘前藩の禄を食んでいた。

若侍は苦しげに顔を歪《ゆが》め、掠れた声をしぼりだした。

「くそったれ、みんながおれを莫迦にする。藩のやつらだけではない。町人の女子供までが、おれを山出し者と莫迦にする」

江戸勤番になって、まだ日も浅いのだろう。慣れない勤めに、耐えがたい郷愁がくわわり、神経が磨りへったのかもしれない。

「それで、たいして呑めもせぬ酒を喰い、酔った勢いで狼藉をはたらいたというわけか。わからんでもないが、白刃を抜くのは感心せぬな」

「むしゃくしゃするから抜いたのだ」

「ちと反省したほうがよいぞ。酔いが醒めたら、さぞかしがっくりするであろうな。おぬしがしでかしたことを、そのまま弘前藩に告げれば、まず謹慎は免れまい。故郷で期待しておられるご両親が、さぞや嘆かれるであろうよ」

優しげに語りかけてやると、若侍はうなだれた。

「怪我人や死人が出ておったら、死罪は免れぬところだ。のう、嘉右衛門」

さきほどの強気は何処へやら、顔色がみるまに蒼褪《あおざ》めてくる。

水をむけられた家主は、厳めしげにうなずいた。

「旦那の仰るとおりです。平助《へいすけ》とかいうおひとが割ってはいらなかったら、おまえさんは罪もない町人を殺《あや》めていたんだ。平助さんに感謝しなくてはいけませんぞ」

「ちょっと待て、嘉右衛門よ、その平助ってのは誰だ」

「はい、そちらのお方をここへ担いできてくれた職人さんです」

平助なる職人が、若侍を撲って昏倒させた。おかげで、事なきを得たらしい。

「褒美ものだな、そいつは」

銀次も詳しい事情を聞いておらず、少しばかり驚いている。

「嘉右衛門、平助って野郎は何処に住んでいやがる」

「それが親分」

「聞いてねえのか」

「動顚していたもので」

「うっかり者が三人、雁首《がんくび》ならべていたってわけかい。そんなら、平助の外見は」

「がっしりした大柄の男で、年は五十前後でしょうか。鼻筋が役者なみにすっと……あ、それから、木菟みたいに耳がぴんと立っておりました」

勘兵衛の眉が、ぴくぴくっと痙攣《けいれん》しだす。

「嘉右衛門よ、そやつ、紙漉き職人ではないのか」

「あ、そういや」

「なんだ」

「はい、そこにある人別帳を手に取り、自分が漉いた紙だとかどうとか、ぶつぶつ言っておりましたっけ」

勘兵衛は小机のうえから、人別帳を拾いあげた。

嘉右衛門が自慢げに胸を張る。

「どうです、その滑らかな紙肌」

「ふむ、墨ののりが良さそうだな」

「滲《にじ》みません、丈夫で長持ち。石州の紙ですよ、旦那」

「やはり、そうか」

大坂商人の江戸店は、例外なく何処でも石州和紙の帳簿を使っている。

それを聞きつけ、嘉右衛門も石州和紙で人別帳をつくらせたのだという。

「もし、もし……」

鎖に繋がれた若侍が、憐れみを請うような目で問いかけてきた。

「……お、おれは、どうなる」

「さあて」

銀次がおもわせぶりに応じ、右目を瞑ってみせる。

「そいつは、こちらの旦那の一存に掛かっているんだぜ。ねえ、旦那」

「まあな」

「どうしやす」

泣いて許しを請うのなら、忘れてやってもよかろう。

が、もはや、勘兵衛の目に若侍は映っていなかった。

脳裏に浮かんでいるのは、竿を撓《しな》らせた男の背中だった。

四

予想どおり、雪はすぐに溶けた。

冬至の一日、江戸じゅうの神社では七五三詣でがおこなわれる。

男女三歳は髪置《かみおき》、男子五歳は袴着《はかまぎ》、女子七歳は帯解《おびとき》、なかでも七歳になった娘たちは華やかに着飾り、父母や親類縁者ともども産土神《うぶすながみ》に詣でる。

竪川の河口にほど近い深川の一ツ目弁天へも、参詣客はつぎつぎに訪れた。

勘兵衛は川を背にして立ち、弁天の鳥居を遠望している。鳶《とび》の肩に担がれた七つの娘がみえた。裾の長い鹿の子模様の振り袖を着せられ、白い錘《おもり》頭巾《ずきん》をつけている。風に飛ばされぬように、左右の端に鉛の錘を付けた頭巾は沢之丞頭巾とも呼ばれ、花嫁の角隠しにみえた。まるで、小さな娘の嫁入りである。

かたわらに立つ銀次も、さきほどから目をほそめている。

「帯解の祝日、七つの娘は母親に初化粧をしてもらうとか。大人に一歩近づくってわけだな。旦那はもしや、綾乃さまのことを思いだしておられるんじゃ」

「まあな」

綾乃の帯解が、昨日のことのように思いだされた。

「可哀相に、あれは母親がおらぬ。仕方なく同僚の奥方に化粧を頼んでな、それでも、綾乃は芯《しん》から嬉しそうにしておった」

娘を肩に担ぐのは町人の習慣だが、勘兵衛は化粧《けわい》した愛娘を肩に担いで産土神へ詣でた。何やら娘が誇らしく、綾乃のためなら燃えさかる火中にでも飛びこめると本気でおもった。

「光陰矢のごとし、知らぬ間に親は年を取る」

「旦那、何だか虚しいや」

ふたりで溜息を洩らし、曇天を仰ぎみた。

千歳飴《ちとせあめ》でも狙っているのか、鳶が輪を描いて飛んでいる。

竪川を越えたむこうには本所回向院《えこういん》の杜が控え、風向きによっては大橋広小路の喧噪も聞こえてくる。

正面に聳《そび》える鳥居の左手には、大名屋敷の海鼠塀が延々《えんえん》とつづいていた。

ほかならぬ、津和野藩亀井家の下屋敷である。

下屋敷に隣接する松井町には、御用達の「石州屋」もあった。

「旦那、乳飲み子を捨てた夜鷹をみつけやしたぜ」

「おう、そうか」

「夜鷹の名はおたき、根津の岡場所で遊女をやっておりやしたが、悪い男に騙《だま》されて稼ぎを巻きあげられたあげく、夜鷹に堕《お》ちた。不運はそれでおさまらず、おたきは父親が誰かもわからねえ子を孕《はら》んじまった。初めて授かった子をおろす勇気もなく、産んじまったはいいが、育てる自信もねえ。子を捨てて、大川へ飛びこもうとした。ところが、いざとなったら命が惜しくなったと、泣きながら両手を合わせておりやした」

「そうか」

「世の中ってのは不公平にできておりやすぜ。あっしみてえに子が欲しくてもできねえ者もいれば、欲しくもねえのにできちまった子を捨てる者もいる」

「まあな」

勘兵衛は洟水《はなみず》を啜《すす》り、鳥居を睨《にら》みつけた。

「おたきって女、子育ては無理だろうな」

「まず、無理でやしょう。乳飲み子を返えしても、どうせまたおんなじことの繰りけえしでさあ」

「おたきが岡場所に売られたなあ、のっぴきならねえ事情があったからにちげえねえ。だとすりゃ、おたきのせいばかりともいえぬ。世の中が悪いのさ、母親に子捨てをさせるような世の中が悪いんだ……くそっ、こんなところで吼《ほ》えても仕方ねえ。ともかく、乳飲み子はみんなで育てなくちゃならねえな」

「塩町の連中には、ようく言っておきやす」

「頼むぜ、銀次。ところで、石州屋のほうはどうだったい」

「たしかに、平助って野郎は出入りしておりやした」

「ほ、そうか」

「お初に顔を出したのは、つい三月ほどめえだそうで」

「主人にはなしを聞けたのだな」

「へい、紙漉きの技術じゃ右に出る者がいねえほどだと、えらく買っておりやしたぜ。それで、平助はのぞみどおり、御用達の抱え職人に雇われた。ただし、主人が雇った理由は別にあったそうで」

「ほう、そいつは何だ」

「同情でやす」

「同情」

「じつは十年もめえから、石州屋は平助のことを知っておりやした。もっとも、そのころの平助は津和野藩の江戸詰めだったそうで」

「なに」

「歴とした侍だったんでやすよ」

坂崎平内《さかざきへいない》というのが、ほんとうの姓名らしい。

「本人がむかしを知られたくねえ様子なので、石州屋の主人にゃここだけのはなしにしてほしいと頼まれやした」

「ふんふん、つづけてくれ」

「へい」

坂崎平内は性格温厚で生真面目な勤番侍だった。新妻はふっくらとした美人、人当たりらしい。

も良く、誰もがみとめる鴛鴦《おしどり》夫婦であったという。しかも、産まれたばかりの娘があった

ところが七年前、坂崎は拠所ない事情から人を斬ってしまい、江戸からすがたを消した。

「拠所ない事情とは」

「石州屋も知らねえそうです。いずれにしろ、坂崎は死罪にでもなったのだろうと、そんなときは同情したそうでやすが、七年も経てば忘れちまいやす」

石州屋は堅実に商いをつづけながら、津和野藩との関係をより緊密に築きあげていた。

そこへひょっこり、坂崎平内が顔を出した。七年ぶりだが、すぐにわかったという。ところが、坂崎はみずからを「平助」と名乗り、何も聞かずに抱え職人として雇ってほしいと頭をさげた。

「坂崎平内がなぜ人を斬ったのか、斬ったあと七年もどうしていたのか。石州屋の主人は俠気《きょうき》をみせ、事情は何ひとつ訊《き》かなかったんでさあ」

「それが顚末か」

「へい」

銀次は渋い顔で鬢《びん》を掻《か》いた。

何事か、おもうところがあるようだ。

「どうした、遠慮せずに言ってみろ」

「へい、あっしがおもうに、坂崎平内は罪を犯したあと、八丈島送りになっていたんじゃねえかと」

「なるほど、そういや、浦賀《うらが》経由で赦免船が帰えってきてたな、ちょうど三月前のはなしだ」

「ご指摘のとおりで。坂崎もきっと、赦免船で江戸へもどされたにちげえねえ」

「陸にあがった浦島太郎は行く当てもなく、むかしの誼《よしみ》で石州屋を訪ねた。紙漉きの技は、おおかた、島で学んだのであろうよ」

「そういうこってす」

亀井屋敷や石州屋があるこの界隈に、坂崎は土地勘があったのだ。

「旦那、坂崎平内の娘が無事に育っていれば、今年は帯解ですぜ」

「そういうことになるな」

「あっしにゃ子はねえが、娘をもつ父親の気持ちはわかりやす。坂崎ってえおひともきっと、娘に邂逅《かいこう》してえはずだ」

七歳になった愛娘の晴れの姿を、遠くから眺めているかもしれない。

目を皿にし、周囲をぐるりと見渡す。

それらしき人物はいない。

坂崎が人を斬った「拠所ない事情」とやらを、勘兵衛はどうしても知りたくなった。

五

数日後。

あいかわらず、はっきりしない空模様はつづいている。

「雪が降りそうで降らぬ。雪催《ゆきもよい》というやつだな」

勘兵衛はひとりごち、今日も朝から新川の茶碗河岸を散策していた。

冬でも朝から夕刻まで茶碗市が立ち、河岸はたいそう賑《にぎ》わっている。

「どうでえ、爺さん、売れているかい」

置物のように座る親爺をみつけては、声を掛けて歩いた。

素見《ひやかし》が目的ではない。声を掛けたついでに、土器を売る浪人者が来ていないかどうか尋ねた。

「さあ、知りやせんねえ」

「そうかい、邪魔したな」

津軽の生まれなのに、津和野のはなしばかりをする。おふうに聞いた風変わりな土器売りのことが気になって仕方ない。坂崎平内と関わりがあったのではないかと、勘兵衛は根拠もなく疑っていた。

「旦那、うぽっぽの旦那」

親爺ではなく、顔見知りになった貝髷《ばいまげ》の嬶《かか》ァに袖を引かれた。

「お捜しのご浪人ってのは、三田村さんておひとでしょ」

「おうそうだ」

「浜町の露地裏で見掛けましたよ。居酒屋を一軒ずつ訪ねて土器を売っておいでだったから、まだそのへんにいらっしゃいますよ、きっと」

「すまねえ、恩に着るぜ」

勘兵衛はばっと袖をひるがえし、辻の暗がりへ踏みこんだ。

小便臭い露地裏には、縄暖簾が所狭しと軒をならべている。

塩町の端から歩みだし、露地から露地へ縫うようにすすむ。

一軒ずつ覗いても、ほとんどの店は開いておらず、浜町へ行き当たるのにさほども掛からなかった。

だが、隈無く当たってみても、土器売りの影はない。

今し方訪ねてきたという店も何軒かはあった。その都度、ようやく捕まえたとほくそ笑んだが、捕まえたとおもった瞬間、夏の逃げ水のように逃げられてしまう。

勘兵衛は詮方なく、辻を流す二八蕎麦の屋台へむかった。

「親爺、冷や酒を一杯くれ」

「へい」

勢い良く飛びこんだところに、先客がいた。

「あ」

目と目が合う。

土器売りの浪人だ。

「旦那、おまち」

顔馴染みの親爺が、目のまえにとんと土器を置いた。

なみなみと注がれたのは、安物の冷や酒である。

「親爺、そちらさんにも注いでやんな、おれのおごりだ」

「へい」

親爺は冷や酒を注ぎ、奥へ引っこんだ。

四十がらみの浪人者が、軽く会釈をする。

月代も無精髭《ぶしょうひげ》も伸び放題、むさ苦しいうえに黴《かび》臭い。

外見をみれば、うらぶれた暮らしぶりが容易に想像できた。

「あんた、三田村惣次郎さんかい」

「そ、そうだが……わ、わしに何か」

「ちと聞きてえことがある。何も逃げ腰になることはねえさ」

帯に大小を差してはいるが、いかにも軽そうだ。

おおかた、竹光であろう。

「まあ、呑みねえ」

三田村は最初は遠慮がちに、仕舞いには貪《むさぼ》るように酒を呑んだ。

「おい、親爺」

勘兵衛が呼びつけると、暗がりからぬっとあらわれた皺顔がにんまり笑う。

「へ、何でやしょう、うぽっぽの旦那」

「燗酒をくれ、それと肴は何がある」

「ちぎり蒟蒻《こんにゃく》の煮染めと、鴨《かも》の網焼きができまさあ」

「蕎麦屋だってのに、鴨まであんのか」

「いけやせんか」

「へへ、おもしれえ、ぜんぶくれ」

出された銚釐《ちろり》を手に提げ、勘兵衛はひょいとかたむけた。

三田村は遠慮がちに土器を差しだし、貪るように酒を呷る。

蒟蒻の煮染めもぺろりとたいらげ、ぎらついた眸子で鴨が焼けるのを待っている。

「遠慮すんな、ほれ」

勘兵衛はまた注いでやり、三田村は安酒を干した。

「おめえさん、酒がへえるといつもきまって、津和野のはなしをするってじゃねえか」

「だ、誰がそんなことを」

「浮瀬の女将さ。津軽生まれの浪人者が何で津和野のはなしばかりすんのか、おれもその理由が知りてえな」

「そんなことで、わざわざ拙者を捜しておられたのか」

「まあな。臨時廻りってな存外に暇な商売なのさ。で、津和野ってのはそんなに良いところかい」

「そりゃもう」

三田村は「つわぶきの里」と呼ばれる城下町の景観を、眸子を潤ませながら余すところなく語った。

「黄一色の景色をいちど目にしたら、翌年もまた行きたくなります。拙者は、津和野のつわぶきを観たいという、たったひとつの楽しみのために、昼となく夜となく轆轤《ろくろ》をまわし、二束三文の土器を焼いておるのでござる」

「おめえさんの故郷だって、負けねえくれえに良いところじゃねえのかい。おれはよ、おめえさんが津軽に帰えらず、何でわざわざ津和野へ行くのか、そいつが知りてえんだ。喋ってみな、深え理由があるんだろう」

鴨が焼けた。

平皿ごと押しやると、三田村は鴨肉を手で摘んで囓《かじ》った。

「う、うまい」

「そりゃそうだろう。土器売りのおめえさんにゃ、めったに食えねえ代物さ。侍の端くれだってのに腐りもせず、毎日あくせく稼いでいる。真面目な人間にゃ、かならず神仏の功徳があるってことさ。食いてえだけ食えばいい、足りなきゃ追加してやるぜ」

肩を優しく叩いてやると、三田村はおんおん泣きはじめた。

「泣き上戸か、おふうの言ったとおりだぜ。おめえさん、自分の叫んだひとことが見も知らぬ男の人生を変えてしまったとか、おふうに洩らしたそうじゃねえか。そいつは、どういうこったい」

三田村は汚れた袖で涙を拭き、ぼそぼそ語りはじめた。

「拙者は七年前まで、津軽家弘前藩十万石の禄を食んでおった。柿沢彦之進《かきざわひこのしん》と申す朋輩がおりましてな、拙者と柿沢は深雪《みゆき》というおなごをめぐって争っておったのです。と申しますか、深雪は拙者の許嫁《いいなずけ》でした。柿沢のやつが横恋慕を押しとおし、深雪を傷物にせしめたのだ……くそっ、思いだすだに口惜しい」

とある冬の朝、三田村はきっぱりはなしをつけようと、御竹蔵に隣接する百本杭《ひゃっぽんぐい》に柿沢を呼びつけた。百本杭は釣りの穴場として知られ、津軽屋敷にも近く、ふたりは連れだってよく釣りに出掛けたことがあった。ゆえに、その場所を選んだのだ。

「拙者はその場で柿沢を斬り、切腹して果てるつもりでおりました。柿沢のほうは尋常ならざる空気を察しつつも、何とか拙者を説得し、深雪を譲ってほしいと懇願する気のようでした」

はなしはうまくゆかず、三田村は刀を抜いた。

大上段から斬りつけたものの、柿沢はすんでのところで躱《かわ》すや、背中をみせて一目散に逃げだした。

「『逃げるか、卑怯者……誰か、その男を斬ってくれい』と、そのとき、拙者は声をかぎりに叫んでしまったのです」

偶《たま》さかそこに、釣り竿を担いだ三十なかばの月代侍が通りかかった。

あっと声を発する暇もなく、侍は抜き討ちの一撃で柿沢を斬りふせた。

「朋輩は、死んだのか」

「いいえ、一命はとりとめました。されど、右腕を肩口から失ったのです。助っ人の侍は刀を握って立ち惚《ほう》けたまま、こちらを睨みつけました……せ、拙者は怖ろしくなり、その場から逃げだしてしまったのでござります」

「なんだと」

「はい、拙者は侍とは名ばかりの卑怯者《ひきょうもの》なのです。その足で藩を出奔いたしました」

「ふうむ」

腹の底から、名状しがたい怒りが込みあげてきた。

怒りを抑え、肝心なことを質さねばならない。

「助っ人の侍とは、もしや、津和野藩の」

「坂崎平内と申されるお方でした」

「やはり、そうか」

坂崎平内が人を斬った「拠所ない理由」とは、あまりに不運な出来事であった。

武士が武士に頼まれれば、たとい、どのような情況であろうとも、無下に断ることはできない。たとい、それが突飛で無理な要求であっても、武士の口から発せられた必死の懇願を断ってはならぬと、幼いころから教育されている。

仇討ちの助っ人などが良い例であろう。

とはいうものの、坂崎に回避する方法がないわけではなかった。

知らんぷりをきめこむか、柿沢とともに逃げるか、当事者の三人以外に誰もいなかった情況も考慮すれば、どちらかの道を選択すべきだった。そうしていれば、悲劇はおこらなかったのだ。

しかしながら、坂崎は愚直すぎるほど真面目な男であった。

その場から逃げだせば、武士であることを捨てるに等しい。

武士であることを捨てれば、もはや、生きる意味はない。

すなわち、逃げることは死ぬことに等しい。

などと、おそらくおもってしまったのだ。

坂崎は、斬らざるを得なかった。

なぜなら、柿沢もほぼ同時に刀を抜いたのである。

ただ、命を断つまでの勇気はなく、咄嗟《とっさ》に急所をはずした。

気づいてみたら、白刃を握った相手の利き腕を斬っていた。

斬ったあとに逃げるという第三の道もあった。

無論、坂崎はそうせず、潔く縄を打たれてからも、弁解じみたことはひとことも口にしなかったという。

「武士の鑑《かがみ》ではないかと、拙者はおもいました。されど、坂崎どののご姓名ご身分をはじめ事の顚末を知ったのは、ずっとのちになってからのことでござった」

三田村はうなだれ、情けない、情けないと、泣きながら何度も繰りかえす。

せめて、斬られた柿沢彦之進に意識があれば、坂崎の行為を是とする証言をしていたかもしれない。しかし、柿沢がまともに口を利けるようになったのは、坂崎の裁きが終わった一ヶ月後のことであった。

助太刀であったとの証明ができなければ、ただの辻斬りとみなされる。

坂崎は何ひとつ申しひらきもせず、遠島という厳しい沙汰を甘受した。

八丈島への遠流《おんる》ともなれば、生涯、島から出ることは許されない。

せめてもの救いは、柿沢が一命をとりとめたために、死罪とならなかったことだ。

三田村は洟水を啜り、土器に残った酒を干した。

「拙者はあの出来事のあと、半年ほど武蔵の在に隠れ、江戸へもどってから、坂崎どのが八丈島送りになったことを知りました。今さら、これこれしかじかと訴えでる勇気すらもなく、生ける屍《しかばね》も同然に暮らし、翌年の冬を迎えたのです」

「津和野へ旅立ったのだな」

「はい、拙者の口から発せられたひとことが、見も知らぬお方の人生を狂わせてしまいました。それをおもうと、居ても立ってもいられなくなり、せめて津和野まで休むことなく歩みつづけ、おのれの肉体をいじめぬくことで、ほんのわずかでもお詫びの気持ちをしめしたかったのでござります」

「勝手なことをほざきおって」

　勘兵衛は横をむき、ぺっと唾を吐いた。

「おめえのしていることは、おれに言わせりゃ何ひとつ意味がねえ。かといって、今さら死んで詫びても誰も喜ばねえだろうしな」

「だったら、どういたせば」

「坂崎平内に土下座し、どうして欲しいか聞くんだな」

「それができれば世話はない。八丈島までどうやって渡れと申されるのか」

「坂崎は八丈にゃいねえよ、江戸にいるぜ」

「げっ、まことか、それは」

「三月前に赦免船で帰えってきたのさ」

「さようでござったか」

三田村はほっと溜息を吐き、一気に老けこんだような顔になった。

「さあ、どうする」

「今さら……どの面さげて会えと」

「やっぱし会えねえか。ま、そのほうがいいかもしれねえ。おめえに謝られても、坂崎は嬉しくねえだろうよ。かえって、嫌なことを思いださせるだけのはなしだ」

げっそりした三田村が、少し可哀相になってきた。

「念のために聞いておきてえんだがな」

「何でしょう」

「坂崎の妻子がどうなったか、知らねえか」

「存じあげません。じつは、拙者も何かお手伝いができぬものかと、るいどのの行方を捜しておりました」

「るいと申すのか、坂崎の奥方は」

「はい。無論、お会いしたことなどござりませぬが。八丈島送りがきまって、坂崎家は断絶となり、その直後、るいどのは乳飲み子を抱えて行方知れずになったと聞きました」

三田村は津和野に足を延ばした際、坂崎の親戚筋やるいという妻の実家も訪ねてみたという。

何処へ行っても、罪人とその家族にたいして冷たかった。

そもそも、坂崎とるいは親の反対を押しきって、なかば駆け落ちも同然にいっしょになった夫婦らしく、そうした事情も、るいを孤立させる要因になったのだろうと、三田村は分析する。

ともあれ、るいは実家にもどることも許されず、行方知れずになったのだ。

「はたして、生きておられるのかどうか」

三田村は泣き疲れた目を擦《こす》り、勝手に酒のお代わりを注文した。

六

三日後、夕刻。

天は荒れている。

北西風は木枯らしを呼び、俯《うつむ》きながら歩かねば飛ばされてしまいそうだ。

往来に雪は跡形もなく、濛々と砂塵が舞っている。

砂石眼入《しゃせきがんにゅう》、そう喩《たと》えてよいほどの強風であった。

勘兵衛は「石州屋」で坂崎平内の居所を聞きだし、永代寺門前町の南へ足をはこんだ。朽ちかけた木造のがたくり橋を渡ったさき、佃新町の露地裏に貧乏人のあつまる溜まり場がある。かつては網干し場だったところで、廃れた漁師小屋が点在していた。坂崎はそのなかの一軒を借り、紙を漉く漉き舟をしつらえて暮らしているという。

佃新町は深川七場所にも数えられ、露地裏は淫靡《いんび》な雰囲気につつまれていた。

「旦那、ちょいと遊んでいきなよ」

十手持ちにも気軽に声を掛けてくるのは、よく日に焼けた私娼たちだ。多くは安房から出稼ぎにきて居着いた漁師の女房や娘で、遊客のあいだでは「家鴨《あひる》」などと呼ばれている。

坂崎は私娼の巣と隣りあう場所で、紙漉きをやりながら暮らしているのだ。

それにしても、風が強い。

洲を挟んで南にひろがる江戸湾を遠望すれば、沖のほうまで白波が立っている。

勘兵衛は黒羽織の襟を寄せ、わずかに躊躇《ちゅうちょ》した。

坂崎に面と向かって事情を聞き、どんなことでも相談に乗りたいと申しでるつもりで来たのだが、いざ足をはこんでみると、差しでがましい行為のような気もする。

なぜ、坂崎平内にこだわるのか。

静かに暮らそうとしている男の過去を、今さらほじくり返して何になるというのか。

自分でも、よくわからない。

ただ、重い過去を引きずって生きねばならぬ者を、放ってはおけなかった。

捨て子を拾ってくれたことへの恩返し、という気持ちも多少はある。

だが、それはきっかけにすぎない。

坂崎は不運な出来事に巻きこまれ、非情な沙汰を受けた。

恩赦になったとはいえ、八丈島で過ごした七年という歳月は重い。

せめて、今からでも報いる方法はあるまいか。

「十手持ちとして」

ここ数日、そのことをずっと考えつづけてきた。

実際、三田村惣次郎のはなしを聞いたあと、銀次に命じてふたりの人間を捜させてもいる。ひとりは坂崎に右腕を斬られた柿沢彦之進、もうひとりは、坂崎の妻るいであった。

るいの行方はまだわからないが、柿沢の所在はすぐにみつかった。七年前、坂崎平内は津和野藩の藩法で裁かれたが、当初の扱いは南町奉行所になっており、例繰方《れいくりがた》の保管庫に裁許帳が残されていた。裁許帳には柿沢彦之進を治療した町医者の名も明記され、その町医者を当たってみたところ、浪人となった柿沢の足跡があきらかになった。

油障子が風に震えている。

耳を澄ませば、紙を漉く音が聞こえてきた。

隙間風の吹きぬける部屋のなかで、坂崎が紙を漉いている。

紙の原料となる木は楮《こうぞ》か三椏《みつまた》である。紙料を得るには、刈りとった樹皮を蒸し、黒皮をすごきとらねばならない。石州屋の主人によれば、すごきとる作業の際、甘皮を大量に残すことで、繊維密度の高い丈夫で滑らかな石州和紙の紙肌ができるらしい。

紙漉き職人は、紙料となる樹皮を蒸す段階から関わる。黒皮をすごきとり、丹念に灰汁《あく》を出し、窯でじっくり煮たのちに棍棒《こんぼう》で叩く。こうした漉きの前工程も熟知していなければならない。

勘兵衛は、石州屋から紙造りに関する予備知識を仕入れてきた。

おそらく、坂崎は誰にたいしても心を閉ざしていることだろう。

相手の心を解きはなつためには、ある程度の周到さが必要になってくる。

「邪魔するぜ」

勘兵衛は油障子を引きあけ、敷居をまたいだ。

刹那、矢のような視線が飛んでくる。

気にも掛けず、にっこり笑いかけた。

「おぼえているかい、臨時廻りの長尾勘兵衛だ」

「あ」

「へへ、おもいだしたか。こんな風の強《つえ》えところで、よくも紙漉きができるなあ」

「場所を選んじゃいられません、そんな身分じゃねえんで」

「自分をあんまり卑下しねえほうがいい」

「旦那、何の御用で」

「てえしたこっちゃねえ。葺屋町で津軽の山出し侍を撲ったろう」

「そのはなしですか」

「職人が侍を撲りゃ、手討ちにされても文句は言えねえ。へへ、でもな、野暮なことは言うつもりもねえし、あんな若僧のことはどうだっていい」

勘兵衛は大刀を鞘《さや》ごと抜き、上がり框へ腰を降ろした。

八帖大の板間には囲炉裏が切られ、ほかに部屋はない。

漉き舟は広い土間にしつらえてあり、土間の隅には竈《かまど》と水瓶が置いてある。

「おれに構わず、仕事をつづけてくれ」

勘兵衛が笑いかけると、坂崎は作業を再開した。

紙料の繊維を均一に拡散させるべく、竹の棒で漉き舟に満たされた水を攪拌《かくはん》するのだ。

「石州屋に聞いたぜ、つなぎに使う海蘿《ふのり》の粘らせ加減が難しいんだってなあ」

返事はない。坂崎は馬の尾毛で編んだ簀《す》を杉材の外桁《そとげた》に敷き、これに内桁を重ね、いっしょに握って紙を漉きはじめた。

漉き桁はけっこう重く、少しあつかっただけでも額に汗が吹きでてくる。

坂崎は紙料を補塡しながら、桁を巧みに操った。

漉いた簀桁の紙は、紙床《しと》に移される。

勘兵衛は腰をあげ、紙床に近づいた。

「へえ、こいつを乾燥させりゃ紙になるのか」

乾燥は天日でおこなう。長さ一間の栃の板に、湿った紙を表裏五枚ずつ貼りつける。貼りつける際は稲藁の刷毛《はけ》で撫でつけるようにし、天日で自然に漂白させる。栃の板に長く置けば置いただけ、紙は艶めいてくるという。

「おめえさんに撲られた若僧、ありゃ弘前藩の勤番侍さ。坂崎平内さんよ、あんた、よっぽど津軽と縁があるな」

　坂崎は、紙を漉く手を止めた。

「旦那、何が仰りたいんです」

「七年前の一件さ、調べさせてもらったんだよ。斬らせた男と斬られた男、そして斬った男、三人の人生は一瞬の出来事で狂っちまった」

三人が三人とも、多くのものを失った。

三田村惣次郎は人間としての誇りを失い、一生過去に縛られ、みずからを嫌悪しながら生きねばならなくなった。

一方、柿沢彦之進は右腕を失った。銀次によれば、幸福とは無縁のうらぶれた暮らしを余儀なくされているという。

「そしてもうひとり、坂崎平内はどうなったか」

勘兵衛は、淡々とつづける。

「武士の誇りを守ったがために、身分も妻子も失った。見方によっては賞賛に値する行為は軽挙、愚挙とみなされ、重い罰を受けねばならなかったのよ。ところが、おめえさんは赦免船に乗せられた。捨てる神あれば拾う神あり。まだ、運はある、そうはおもわねえかい」

坂崎は肩の力を抜き、ふうっと溜息を吐いた。

眦《まなじり》を吊り、侍口調で怒りあげてみせる。

「なぜ、わしに構う」

「強いて言えば、捨て子の一件でおめえさんと関わっちまったからだろうなあ。坂崎平内のむかしを知れば、誰であろうと放っておけなくなるさ」

「町奉行所の廻り方とは、それほど暇なものなのか」

「ふふ、ま、そういうこった」

「わしは柿沢彦之進の右腕を斬った。恨まれておるはずだ」

「そうかな」

「むしろ、命を断ってほしかった。わしならば、そうおもう」

「おめえさんは咄嗟の判断で柿沢の命を救った。そのおかげで、柿沢のみならず、あの出来事に関わった三人すべてに再生の道が残された」

「再生の道だと」

「そうさ、死んだら元も子もねえじゃねえか。どんな過ちを犯した人間にも、幸福になる道はある。だがな、むかしを清算しねえかぎり、前にゃすすめねえ」

　坂崎は左右の拳を握り、勘兵衛のことばを嚙みしめた。

「おめえさんにゃ、恋女房と産まれたての娘があったはずだ。ふたりに会いたかねえのかい。もし、会いてえのなら、捜してやってもいいんだぜ」

「ふん、余計なお世話だ」

「娘の名を教えてくれ」

　坂崎は少し考えこみ、眼差しを宙に泳がせた。

「幸《さち》、それが娘の名だ」

「幸多かれの幸か、良い名じゃねえか。無事に成長してくれてりゃ、今年は帯解だ。紅をうっすら塗ってもらい、得意気な顔をつくってみせるのさ。そんな娘と邂逅したくねえわけがねえ……幸ってのは良い名だぜ」

坂崎はうなだれ、ぼそっと洩らす。

「ひとりごとだとおもって聞いてくれ」

「ふむ、聞こう」

「恐いのだ」

「何だって」

「わしは妻子の所在を知りたい。されど、知るのが恐いのだ。あれから七年、るいと幸が生きている保証は何処にもない。るいとは駆け落ちも同然にいっしょになった仲だが、そこまで情を交わした相手でも、時が経てば変わってしまう」

「そうともかぎらねえさ」

「いいや、わしは人というものを信じておらぬ。生きておればのはなしだが、るいはきっと別の男といっしょになったにちがいない。あるいは、転落してしまったか。いずれにしろ、八丈送りになった男のことなど待っているはずがないのだ」

「おめえさんの言うとおりかもしれねえ。がよ、それならそれでいいじゃねえか。知りもしねえで悩みつづけるくれえなら、真実をその目で確かめたらどうだ。そのほうがいいにきまっている。な、そうだろう」

勘兵衛に諭され、坂崎は心を動かされた様子だった。

だが、妻子を捜すまえに、やらねばならぬことがひとつある。

「柿沢彦之進に会いたい」

ぼそっと、坂崎は吐きすてた。

七

丸二日も江戸に吹きあれた強風は、ようやくおさまってくれた。

目を凝らせば、凍てつく夕暮れの大川を一艘の小舟が遡上《そじょう》してゆく。

頬被りの坂崎平内は腕組みをし、艫《とも》のほうで石地蔵のように座っている。

夙《はや》い流れに抗ってすすむので、舟足はおもうようにはかどらない。

それでも、何とか東橋《あずまばし》をくぐりぬけ、三囲稲荷《みめぐりいなり》の船着場までたどりついた。

「ほうい、竹屋のおひと」

茶屋の名物女将が、美しい声で船頭を呼んでいる。

この声を聞くのが楽しみで、渡し船に乗る文人墨客もあるという。

遊客の多くは浅草山谷で渡し船に乗り、大川を横切って竹屋の渡しで三囲稲荷の茶屋へあがる。春は桜、冬は雪、四季折々の風景を楽しみながら土手を散策し、北の寺島村にある橋場の渡しからまた船に乗り、大川を横切って帰路につくのだ。

暮れ六つまで半刻の猶予はあるものの、墨堤《ぼくてい》は灰一色に閉ざされていた。

河原に枯草の靡《なび》く光景は荒涼として、ここが賽《さい》の河原であるかのような錯覚さえおぼえる。

白いものが、舞いながら落ちてきた。

「風花か」

勘兵衛は掌《てのひら》をうえにむけ、恨めしげに天を睨んだ。

柿沢彦之進は三囲稲荷の裏手、須崎村の一隅で百姓をしていた。

大川を挟んだ対岸は、三田村惣次郎の住む今戸町にほかならない。

今戸町の随所には素焼きの窯があるので、黒煙が幾筋も棚引いている。

「皮肉なはなしさ」

かつてはひとりの女をめぐって争い、ともに転落した者同士であった。それが相手を意識したわけでもないのに、目と鼻のさきに新たな居場所をみつけたのだ。

しかし、両者のあいだには、容易に渡ることのできない大川が厳然と横たわっている。

坂崎は事情を知るにつけ、不思議な運命を感じとったようだ。

「教えてくれ、柿沢彦之進は幸福とは無縁のうらぶれた暮らしを余儀なくされていると、あんたは言った。まことなのか」

「食うや食わずの暮らしぶりらしい。だが、実際に不幸かどうかは本人に聞いてみなければわかるまい。それに」

「それに、なんだ」

「子がふたりあるらしい」

「子が……そ、そうなのか」

「おそらく、柿沢はおぬしを覚えておらぬだろう。覚えておらぬどころか、顔を知らぬかもしれぬ。されど、おぬしのことはすぐにわかるはずだ。どうして会いにきたのかも察するであろう」

ふたりは須崎村へ入り、くねくねと曲がる畦道《あぜみち》をすすんだ。

めざす百姓屋は、椎の木林に囲まれてぽつんと建っていた。

炊煙が立ちのぼり、幼子が枝を刀にして走りまわっている。

家屋と隣接する畑に人影が動いた。

「みろ」

右腕が肩口から無い男、柿沢彦之進であった。

坂崎は、ごくっと生唾を呑みこむ。

近づこうにも、足が動かないのだ。

扉が開き、赤ん坊を負ぶった女が家から出てきた。

「あれは」

「深雪であろうな、ふたりの男が争った女さ」

遠くに居ても、夫婦の会話はよく聞こえた。

「おまえさん」

呼びかける深雪の顔が笑っていた。

「ようし、夕餉《ゆうげ》だぞ」

柿沢も、芯から嬉しそうに応じてみせる。

「さあ、母《かか》さまのもとへまいろう」

走りまわっていた洟垂れが、父親の膝にまとわりついてくる。

柿沢は左腕で我が子をひょいと抱え、小屋のなかへ消えてゆく。

坂崎は目をほそめ、柿沢の背中を見送った。

そして、ひとことも発せず、くるっと踵《くびす》を返した。

「会わずに帰るのか」

勘兵衛にも、坂崎の気持ちは痛いほどわかった。

右腕を失っても、柿沢彦之進は幸福なのだ。

ならば、敢えて波風を立てることもあるまい。

むしろ、三田村惣次郎こそ、坂崎に引きあわせるべき相手なのかもしれない。

三田村は坂崎に許しを請いつつも、それが虚しい行為であることを承知している。謝罪して時がもどるのであれば、百万回でも土下座をする。それが無意味であることをわかっているがゆえに、年に一度は津和野へ旅立ち、自分なりの贖罪《しょくざい》をつづけているのだ。

「おぬし、三田村惣次郎をどうおもっているのだ」

勘兵衛は訊いてみた。

「別に、どうともおもっていない」

「まことか、おぬしを窮地に陥れた相手だぞ」

「そやつとわしが百本杭におったのは、けっして偶然ではない。こうなる運命にあったのだ。三田村という男も運命に操られたにすぎぬ。恨むべきではないさ」

おそらく、それが島暮らしに耐えてきた者の偽らざる心境なのだろう。

三田村と坂崎を引きあわせることは、できない相談ではない。

が、もはや、意味のないことのように勘兵衛は感じた。

「ほうい、竹屋のおひと」

ふたりは竹屋の渡しまでもどり、名物女将の美声を耳にしながら、猪牙《ちょき》に乗った。

雪は斑雪《はだれゆき》になり、川面に落ちては消えてゆく。

次第に遠ざかる墨堤は、薄衣を纏《まと》ったかのようだ。

「根雪になるかもしれねえな」

勘兵衛は、ぶるっと肩を震わせた。

対岸の浅草寺《せんそうじ》から、暮れ六つの鐘が聞こえてくる。

ふと、盗み見ると、坂崎が声をあげずに泣いていた。

柿沢彦之進の幸福そうな様子をみて、安心したのだろうか。

きっと、羨ましかったにちがいない。孤独であることの辛さを、坂崎は噛みしめているのだ。

「三田村に聞いたぞ。ちょうど今時分、津和野の城下にはつわぶきの花が咲きみだれる。黄色い毛氈《もうせん》を敷きつめたような光景に圧倒され、涙が止まらなくなるのだとな」

「思いだす。妻と手を繋ぎ、ともに目にした光景を。ずっと忘れておった。八丈におるときは、哀しいとか、情けないとか、一度もおもったことはなかった。あったのは虚しさだけだ。妻子や生まれ故郷を浮かべたこともなかった」

だからこそ、坂崎は生きぬいてこられた。厳しい島暮らしに耐えられたのは、美しい思い出を捨てさったおかげなのだ。そうでなければ、思い出に押しつぶされ、ともすれば断崖のてっぺんから飛びおりていたかもしれないとすら、勘兵衛はおもった。

「おぬしは一介の紙漉き職人だ。もはや、武士であることのしがらみもない。これからは気ままに自分の人生を生きてみればいい。まだ若いのだ、やり直しはいくらでもきく」

猪牙は流れに身をまかせ、両国橋《りょうごくばし》のたもとまでやってきた。

勘兵衛は、つとめて冷静に切りだした。

「じつはな、妻女の居場所がわかった。江戸におる、娘も健《すこ》やかに育っているらしい」

坂崎は瞳を爛々とさせ、膝を躙《にじ》りよせてくる。

「るいは……な、何をしておる」

「案ずるな。さすが、武家のおなごだけはある。るいどのは公事《くじ》宿に住みこみで働きながら、立派に娘を育てておるそうだ」

切れ長の眸子から、大粒の涙が溢《あふ》れてきた。

「まことか、それは」

「ああ、嘘ではない。どうだ、じっくりはなそうではないか。一ツ目弁天の境内を夜鷹蕎麦が流しておる。美味いと評判の担ぎ屋台でな、食べにゆかぬか」

勘兵衛の誘いに、坂崎はうなずいた。

あとは、るいの気持ちがまだ繋がっているかどうか。

そのあたりは、勘兵衛にもわからない。

邂逅を果たした途端、破局を迎えるやもしれぬ。

大いなる不安を抱えつつ、猪牙は大川を下ってゆく。

正面には長大な大橋が遠望できた。

そして、左手には百本杭がみえる。

「因縁の場所だな」

「ああ」

河原や土手、背後に広がる御竹蔵、大名屋敷の甍《いらか》や木々の枝にも、うっすらと雪が積もりはじめていた。

八

霜月二十日。

雪は三日三晩降りつづき、白い綿帽子で江戸をすっぽり包みこんだ。

今日は朝から風も緩やかで、蒼天には綿雲がぽっかり浮かんでいる。

「冬日和だな」

勘兵衛は空を仰ぎ、嬉しそうに洩らす。

坂崎平内は、妻子との邂逅に同意した。

が、いざとなると、腰が引けてしまっている。

「先方には伝えてある。今さら、行かぬとは言わせぬぞ」

妻のるいは、馬喰町の「対馬屋《つしまや》」という公事宿で賄《まかな》いをしていた。対馬屋の主人は温厚そうにみえるが骨のある人物で、幕府に窮状を訴える百姓たちを格安で宿泊させていた。

「駆けこんださきが対馬屋でよかった。あそこの主人は義理堅い男でな、元来は百姓の出だから、弱い者の気持ちがようくわかる」

坂崎にしてみれば、対馬屋などはどうでもよい。

何よりも、妻の様子を案じている。

はたして、自分を待ってくれているのかどうか。

「長尾どの、まだわからぬのであろう」

「わからぬ。わし自身が会えばよかったのだが、つい、他人に任せちまった。おぬしの申すとおり、るいどのの本心はわからぬ」

「人の気持ちは移ろいやすい。もはや、るいの気持ちは離れてしまった。そんな気がしてならぬ」

「弱気だのう」

「七年も八丈におったのだ、弱気にもなるさ」

「物事を悪いほうに考えるな。覚悟を決めたら、お天道様にすべてを委ねるのさ。かくいうわしも、正直、こうした情況は苦手でな」

「こうした情況とは」

「どっちに転ぶかわからない、五分五分の情況ってことさ」

邂逅を仕掛けた者として、坂崎の悲しむ顔だけはみたくない。

「るいの表情をみれば、はなさずともすぐにわかる。待ってくれていたのかどうか、わずかでも陰がみえたら、わしはすがたを消す。もはや、江戸に未練はない」

「つわぶきの里にでも帰るか」

「さあて、たどりつくまえに野垂れ死ぬかもしれぬ。それならそれで本望、わしに似つかわしい死にざまだ」

ふたりは日本橋の大路を渡り、馬喰町へやってきた。

めざす対馬屋は、浜町河岸に沿って軒をならべる公事宿のひとつだ。

公事宿の屋根も川端の道も、一面の雪に覆われていた。

さくさくと雪を踏みしめながら、ふたりは早足に歩む。

「気ばかりが急いて、さきへすすまぬ」

坂崎が忌々しそうに吐きすてた。

緊張のためか、顔が強張っている。

勘兵衛にも緊張が伝染《うつ》り、うっかりすると右手と右足が同時にまえへ出てしまいそうになった。

公事宿はどれもおなじような楼閣風の二階屋だが、一箇所にだけ人集《ひとだか》りができていた。

「対馬屋のほうだぞ、何だろうな」

ふたりで頷きあい、何重にも取りまく人垣を掻きわけてすすむ。

「押すな、押すんじゃねえ、おれにもみせろ」

「ちょっと、あたしにもみせとくれよ」

さまざまな男女の声が錯綜し、誰もが我先に前面へ出ようとする。

坂崎は勘兵衛に背中を押され、人垣からぽんと躍りでた。

「あっ」

声を失う。

黄色い花が、目に飛びこんできた。

鉢植えだ、それも半端な数ではない。

玄関へつづく小径に、黄色い花の毛氈が敷きつめられている。

「対馬屋か、ずいぶん豪勢じゃねえか」

「あの花は、野菊かい」

誰かが誰かに問いかけ、別の誰かが物知り顔で応じてみせる。

「つわぶきさ。あれは、つわぶきというんだよ」

対馬屋の玄関口には、主人らしき白髪の人物が佇《たたず》んでいた。

主人のかたわらには、着飾った娘の手を引いた女のすがたがみえる。

丸髷に青眉、身に纏った照柿の格子縞が、石蕗のなかで映えていた。

肌の白い、すらりとした年増である。

「るい」
坂崎平内の声が震えた。
るいは幸の身を引きよせ、耳もとに何事かを囁いている。
——父上ですよ。
そう、はっきりと口にした。
幸は満面の笑みで、こちらに手を振っている。
帯解を済ませたばかりの娘が、父のすがたを目にしたのだ。
「幸」
坂崎は、脱兎のごとく走りだす。
もはや、勘兵衛の出る幕は何処にもない。
ふと、見上げれば、大屋根のうえも石蕗の黄色い花で埋めつくされている。
それが、るいの気持ちであった。
人目も憚《はばか》らずに抱きあう夫婦のすがたが、涙で霞んでしまう。
——ごろ、ごろごろ。
遠くで雪起こしの雷が鳴った。
冬将軍の到来は、これからだ。

野ぎつね

一

師走大寒、煤払《すすはら》いも終わり、寺社の境内には歳の市が立ちはじめた。
南天桐はすっかり葉を落とし、骨のような枝を天に突きだしている。
粉雪のちらつく朝未《まだ》き頃、地蔵橋のそばで黒磨きの鉄十手を拾った。
鉤《かぎ》の手を上にむけ、ふんわりと積もった綿帽子に突きささっていた。
引きぬいてみると、火付盗賊改の与力が使用する指揮十手であった。
把手には「岩弐《いわに》」なる符号が小さく刻まれている。
町奉行所の同心にも、符号の意味はすぐにわかった。
「岩は火盗改《かとうあらため》の長官《かしら》、岩村外記《いわむらげき》さまの岩、弐は配下の二番与力……となると、堀兵太夫《ほりへいだゆう》さまか」

勘兵衛は冷たい十手を握りしめ、周囲に目を配った。

火盗改の面々とは、随所で角を突きあわせている。

おたがいに縄張りを主張し、張りあっているのだ。

ゆえに、おおかたの者の顔と名は一致した。

堀兵太夫とはことばを交わしたこともないが、評判はよく耳にする。けっして悪い評判ではない。気の荒い連中が多い火盗改にあって、冷静沈着さは際立っており、手柄の割りふりなどにも気を配ってくれるので、同僚のあいだでは好もしい人物とみなされていた。

年は四十代後半、髪は黒々としており、年よりも若くみえる。痩《や》せてひょろ長い外見のせいか、気難しい印象を受けた。切り捨て御免の特権を与えられた火盗改の与力にしては、線が細いようにもおもう。

いずれにしろ、慎重なはずの火盗改与力が指揮十手を紛失した。

事が露顕すれば一大事、堀は弁解の余地無く御役御免となろう。

勘兵衛は、堀を失墜させようとする何者かの悪意を嗅《か》ぎとった。

「下手に動けねえな」

十手を懐中に仕舞いこむ。

誰かに監視されているような気がして、もういちど周囲を窺《うかが》った。

怪しい人影は見当たらない。

何やら、罪を犯している気分だ。

「う……く」

突如、下腹に激痛が走った。

膝を折り、蹲《うずくま》る。

持病の疝気《せんき》だ。

寒くなると、前触れもなく襲ってくる。

額《ひたい》に膏汗《あぶらあせ》が滲《にじ》んできた。

疝気は酒を呑んで紛らわすか、温石《おんじゃく》で睾丸《きんたま》を温めるしかない。

「旦那《だんな》、うぽっぽの旦那」

聞いたことのある声が近づいてくる。

「おぬしは……と、豆腐屋の親爺か」

朝一番の商いを済ませた帰りのようだ。

「旦那、どうしやした」

「疝気の虫が……う、疼《うず》きよる」

「それなら、こいつを」

豆腐屋は腰にぶらさげた瓢《ひさご》を取り、温い酒を呑ませてくれた。

「す、すまねえ」

勘兵衛の咽喉《のど》が音を起てた。

「ぷはあ、沁《し》みる」

「いかがです、塩梅《あんばい》は」

「ありがてえ、嘘みてえに痛みがおさまったぜ」

「そいつはよかった」

小太りの親爺が、ほっと息を吐く。

勘兵衛は、ひょいと立ちあがった。

「それにしても、豆腐屋が瓢酒たあな」

「不謹慎でしょうかね」

「この寒さだ、仕方あんめえ」

「へへ、さすがはうぽっぽの旦那、はなしがわかる」

「おめえ、名は何だっけな」

「権兵衛《ごんべえ》ですよ」

「名無しの権兵衛か」

「だから、ちゃんと名はありますって」

「豆腐屋権兵衛だな、よし、おぼえておこう」

「じゃ、旦那、お気をつけなすって」

「あばよ」

勘兵衛は地蔵橋を渡り、南茅場町の大番屋へむかった。

大番屋は調べ番屋ともいい、江戸に七箇所しかない。牢屋敷への入牢証文が発行されるまで罪人を留め置く場でもあり、板壁板敷きで窓のない大部屋も隠されている。吟味与力がわざわざ足をはこび、罪人とおぼしきものたちの取調もおこなう。殺しなどの下手人を取りちがえたら、与力は御役御免となるので、好い加減な取調はできない。

また、大番屋は廻り同心たちの溜まり場で、勘兵衛にとってもここが一日のはじまりであり、終わりの場所でもあった。

いつもはいの一番に顔を出すのだが、今朝はすでにふたりの同僚が足をはこんでいた。いずれも中堅の定廻りだ。勘兵衛とは、ひとまわり以上も年がちがう。挨拶《あいさつ》を交わす程度で、親しい会話は交わさない。

番屋内には小者たちも何人かいた。

「長尾さま、はいこれ」

「お、いつもすまぬな」

小者の淹《い》れてくれる焙《ほう》じ茶は、なかなか美味《うま》い。

湯気を吹いていると、定廻りの二人組が噂話をやりはじめた。

「昨夜丑《うし》ノ刻《こく》ごろ、三田の魚籃坂《ぎょらんざか》にある難波屋《なんばや》が押しこみに遭ったそうな」

「難波屋といえば、金貸しか」

「さよう。難波屋の主人に女将《おかみ》、ふたりの子供、それに手代と賄いの下女、ぜんぶで六人が殺《あや》められたらしい。野ぎつねのしわざよ」

「何でわかる」

「いつもどおり、大黒柱に護符が貼ってあったのさ」

「野ぎつねが好んで使う稲荷明神の護符か」

「さよう、人殺しはしないはずの盗人一味が、一線を越えたというわけだ」

「つい先だって、蔵前の札差《ふださし》が襲われたであろう。蔵から二千両もの大金が盗まれたうえに、母屋に火を付けられた。そっちも死人が出たな」

「それそれ、札差殺しも野ぎつねの仕業ではないかと、火盗改は睨《にら》んでおるぞ」

「なるほど、野ぎつねは火盗改の獲物であったな」

「御先手組組頭、岩村外記さまの縄張り内よ」

勘兵衛の耳が、ぴくりと動く。

噂によれば、野心旺盛な岩村外記は幕府内の奉行職を狙っているという。わずかでも汚点があれば、その夢は泡と消える。したがって、配下も行動には充分に注意を払っているはずだ。

にもかかわらず、直属の与力が十手を紛失するという失態を演じた。

もしかしたら、野ぎつねの一件と関わりがあるのかもしれない。

「どっちにしろ、われらには関わりのないことよ」

「そうよな、火盗改が動いておるかぎり、面倒な出役《でやく》も上から命じられずに済む」

中堅の廻り方にしてからが、この為体《ていたらく》である。

勘兵衛は聞き耳を立てながら、情けなくなってきた。

そこへ、大柄な若手同心が飛びこんできた。

末吉鯉四郎である。

二人組はむっつり黙りこんだ。

鯉四郎とは反りが合わないらしい。

「長尾さま、おはようございます」

「おう、顔色がわるいな、何かあったか」

「浮瀬《うかむせ》の女将さんが」

「おふうがどうした」

驚いて顎《あご》を突きだすと、鯉四郎は袖に手を突っこんだ。

「こんなものを寄こしました」

「ん、何じゃこりゃ、稲荷明神の護符ではないか」

野ぎつねが好むという護符である。

「これを、何でおふうが」

「詳しいことは、直《じか》に会ってお伝えしたいそうです」

おふうは、勘兵衛の自邸を訪ねたらしかった。ところが、運悪く行き違いになった。そこで、綾乃に言伝をのこし、その言伝が綾乃の口から鯉四郎の耳へと伝わったのだ。

「よし、すぐにまいろう」

勘兵衛は腰をあげ、同僚たちに会釈をした。

腫《は》れ物に触るような眼差しで見送られても、いっこうに気にはならない。

莫迦《ばか》にされようが、陰で何を言われようが、慣れっこになってしまった。

南茅場町から霊岸島までは、さほど遠くもない。

いつのまにか雪は熄《や》み、曇天に晴れ間がみえる。

焦る気持ちを抑えかね、勘兵衛は小走りになった。

二

おふうはみた。

柿色装束の盗人が千両箱を盗んだのを目撃したというのだ。

「丑ノ刻ごろ、寝付けなくて、夜風に当たろうと外へ出たんです。そうしたら、瓢屋さんの酒蔵から人影がひとつ、千両箱を抱えて飛びだしてきたんです。すぐそばに小舟が浮かんでいて、棹《さお》を握った別の人影が艫《とも》に立っておりましてね」

「賊はふたりか」

「はい、千両箱を抱えたほうは小太りで外股《がにまた》、棹を握ったほうは小柄でほっそりしておりました」

小太りのほうが乗りこむと、小舟はしんと静まりかえった新川を滑りはじめた。

ほかに人影も舟影もない。おふうは金縛りになったように動けず、川端にじっと佇《たたず》んでいた。

「すると、頬被りの盗人が、こっちにむかって手を振ったのです」

「なに」

「わたし、恐くなって店に駆けもどりました。情けないはなしですけど、頭から褞袍《どてら》をかぶって震えていたんですよ」

おふうは「浮瀬」の裏二階で寝起きしている。

震えていると、小半刻ほどして、木戸を敲《たた》く音が聞こえてきた。

「どうしよう、盗人がきっと口封じにやってきたんだっておもいました。でも、何とか忍び足で階段を降り、勝手場にある出刃《でば》包丁を手に取ったんです」

おふうは両手で包丁を握りしめ、朝まで土間に立ちつづけた。

「ようやく日が射しこんできたので外へ出てみると、板戸の表にその護符が貼ってありました」

「なるほど、こいつがなあ」

勘兵衛は、床几《しょうぎ》に置いた稲荷明神の護符を眺めた。

鯉四郎が横から口を出す。

「高輪車坂稲荷とありますね」

「ふむ、車坂稲荷の手前は大木戸跡、右手に曲がれば泉岳寺、伊皿子《いさらご》町まで少しもどって北西にすすめば魚籃坂だ。昨夜丑ノ刻ごろ、魚籃坂の難波屋が押しこみにあった。難波屋といえば、評判の芳しくねえ金貸しさ。主人夫婦と子供たち、使用人もふくめて六人が斬られちまった。大黒柱に稲荷明神の護符が貼ってあったらしい」

「まことですか」

「ああ」

「そちらも車坂稲荷の護符でしょうか」

「たぶんな。几帳面な野ぎつねはかならず、襲った商家のそばにある稲荷明神の護符を貼っておく。そう、聞いたことがある」

「しかし、野ぎつねは殺しをやらぬのでは」

「そこさ」

野ぎつねはこれまでにも数多くの押しこみをはたらいてきたが、いちども人を殺めたことはない。尻尾をつかまれたこともなく、狙う相手は評判の良くない悪徳商人ばかりであった。

「しかも、盗み金の大半は貧乏長屋にばらまくってんで、義賊なんぞと持ちあげる連中もいるくれえだ」

「いったい、どういうことでしょう」

「何が」

「どちらも丑ノ刻の出来事です。一方は霊岸島の新川河岸、一方は三田の魚籃坂、野ぎつねは同時にふたつの蔵を襲ったことになりやしませんか」

「どっちかが、偽者だってことさ」

勘兵衛は鰾膠《にべ》もなく吐きすて、懐中から十手を取りだした。

鯉四郎が驚いて目を瞠《みは》る。

「それは火盗改の指揮十手」

「ご名答」

「どうなされたのです」

「地蔵橋のそばで拾ったのよ」

「なんと」

「ほれ、把手に符号が彫ってある。持ち主は与力の堀兵太夫さまだ」

「岩村外記さまのご配下ですね」

「そのとおり」

「ご返却なされないのですか」

厳しい口調で迫られ、勘兵衛は月代《さかやき》を掻《か》いた。

「返すつもりでおったさ。ところが、とんだ邪魔がはいった。おぬしが血相を変え、大番屋へ躍りこんできたのだ」

「も、申し訳ござりません」

「何も謝ることはない。むしろ、はやまらずによかった。ひょっとしたら、この指揮十手と野ぎつねは繋がっているやもしれぬ」

「仰《おっしゃ》る根拠は」

「ない」

「へ」

「阿呆みたいな顔をするな」

「十手をどうなさるおつもりです」

「しばらく預かっておく、事がはっきりするまでな」

ふたりのやりとりが一段落したところで、おふうが熱燗をつけてきた。

「鯉四郎さんは下戸だから、はい、お茶」

焙じ茶を出され、鯉四郎は渋い顔をする。

勘兵衛はさも嬉しそうに、盃を舐《な》めた。

「じつはそのお酒、瓢屋さんから仕入れた下り酒なんですよ」

「瓢屋は新興の酒問屋だったな、主人の名はたしか徳十《とくじゅう》」

「よくご存じで」

「知りあいなのか」

「いいえ、仕入れ値を内緒で安くしてくれるんですよ。もっとも、このあたりの呑み屋はみんな瓢屋さんから安く卸してもらっているんですけど」

「なるほど、協定破りの安値卸しか。それで、新興問屋のくせに幅を利かせているってわけだな」

「徳十さんは吝嗇家《りんしょくか》でいなさるらしいですけど、悪いお方にはみえませんよ」

「人は見掛けによらぬもの。粉を掛けられぬように気をつけろ」

「いやだ、旦那ったら。でも、どうします。徳十さんは早くに奥様を亡くされ、ずっと独り身だとか。年はまだ五十の手前だし、玉の輿《こし》を狙う相手としては申し分のない金満家でいらっしゃる。後妻にとお声が掛かれば、たいがいの女は嫌とは言わないでしょうね」

「おめえもか」

「うふっ、真顔で怒っていらっしゃる。可愛い旦那」

「どうなのだ、はぐらかさずに応えろ」

「今さら商家の奥様なんてつとまりませんよ」

「断るんだな」

「ええ、でも、そんなおはなし、来やしませんよ」

「そりゃそうだ」

「だいいち、浮瀬を閉めちまったら、旦那もお淋しいでしょう」

「ん、まあな」

勘兵衛が頬を赤らめると、おふうは艶《つや》っぽく微笑んだ。

酌をされて盃を干し、ふうっと熱い息を吐く。

鯉四郎にむきなおり、ぼそっと洩《も》らした。

「妙だぞ」

「何がでございます」

「大番屋でな、阿呆の二人組が野ぎつねの噂話をしておったのよ。魚籃坂の難波屋が襲われた一件は詳しく承知しておったが、新川河岸のほうは瓢屋のひの字も出ておらなんだ。瓢屋は届け出をしておらぬのかもしれぬ」

「それが事実だとすれば、たしかに妙ですな」

蔵荒らしに見舞われたら、何はさておいても、町奉行所に届け出るのが筋だ。届け出が遅滞すれば、罰せられることもある。なにしろ、蔵荒らしは瓢屋だけの問題ではない。手口を詳しく調べる必要がある。町内のみならず、ひいては江戸全体の治安にも関わる重大事なのだ。

にもかかわらず、瓢屋から届け出がないのはおかしい。

「鯉四郎、乗りこむか」

「は」

待ってましたとばかりに、鯉四郎は立ちあがった。

勘兵衛はおふうに目配せし、指揮十手を手渡した。

「こいつが重くて仕方ねえんだ。神棚の裏にでも隠しといてくんねえか」

「お安いご用ですよ」

「ひとつ頼む」

「旦那、野ぎつねとやらを一刻も早くお縄にしてくださいな。そうしていただかないと、夜もおちおち眠れませんよ」

「まかせておけ」

どんと胸を叩《たた》いた途端、勘兵衛は咳きこんでしまった。

三

瓢屋には先客がいた。

三十代なかばの武張った男で、名は荒俣《あらまた》源《げん》九郎《くろう》という。

火盗改与力、堀兵太夫子飼いの同心であった。

ことばを交わしたことはないが、勘兵衛も面識はある。

――暴れ牛。

という異名も知っていた。

肩が少し触れただけで、刀を抜く手合いにまちがいない。

「南町の廻り方が何の用だ」

荒俣は最初《はな》から、横柄な態度で質《ただ》してきた。

相手が年上だろうと、気にする素振りは微塵《みじん》もない。

鯉四郎が敏感に反応し、殺気を放った。

「まあ、待て」

勘兵衛は割ってはいり、荒俣にむきなおる。

「何の用か、それはこっちが訊《き》きたい台詞《せりふ》だ。なぜ、火盗改がここにおる」

「瓢屋に呼ばれたのだ」

名指しされた瓢屋徳十は、きまりのわるい顔をする。

勘兵衛は間隙を逃さず、べらんめえ口調で叱りつけた。

「徳十、てめえ、蔵荒らしにあったな。盗人をみたものがいるんだよ。だから、こうして出張ってきてやったのさ。ほれ、正直に応えてみろ」

「へえ」

徳十は痩せたからだを縮め、猫なみの狭い額に汗を掻《か》きはじめた。

「へえじゃわからねえぞ」

「仰るとおりにござります」

「そうかい、いくらやられた」

「五十両ほどで、へへ」

「嘘を吐くな、盗人は千両箱を抱えておったと聞いたぞ」

「そ、そうなので」

「たった五十両の盗み金を千両箱ではこぶわけがねえだろうが。お上を愚弄する気か、てめえ」

勘兵衛は、わざと激昂してみせる。

徳十はうなだれ、口をへの字にまげた。

「こんどは黙《だんま》りかよ。ま、いくら盗まれたかはさておいても、どうして、すぐに届け出ねえんだ」

「こちらの荒俣さまとは、常日頃より懇意にしていただいておりますもので」

「それとこれとは、はなしが別だろうが。でえいち、火を付けられたわけじゃあんめえ。火盗改の出る幕はねえだろうが」

「そうかもしれませんが、荒俣さまにご相談申しあげてから、お届けにあがろうかと」

「何を相談する」

徳十が応えあぐねていると、業を煮やした荒俣が口を挟んだ。

「ふん、長尾勘兵衛か、おもいだしたぞ。おぬし、うぽっぽとか呼ばれておる臨時廻りであろう」

「それがどうした」

「役立たずめ」

「ん、今何と申した。ちと聞こえんかったが」

「こっちのはなしだ。ともかく、町方はすっこんでろ」

「ほう、強気に出たな。礼儀知らずの暴れ牛め」

「うぽっぽとやら、ひとつだけ教えといてやる。瓢屋の蔵を襲ったのは、火盗改が追っている獲物なのさ」

「野ぎつねか」

間髪を容れずに指摘すると、荒俣も徳十も驚いた顔をした。

勘兵衛はたたみかける。

「魚籃坂の一件は知っていような。瓢屋を襲ったのが野ぎつねなら、魚籃坂の難波屋を襲った盗人はいってえ誰なんだ。荒俣源九郎、おぬし、ひょっとして、難波屋殺しの下手人を知ってんじゃねえのか」

「な、何を抜かす」

荒俣は狼狽《うろた》えた。正直な男だ。

勘兵衛はしかし、下手に刺激するのをやめた。

「鯉四郎、行くぞ」

「え、よろしいのですか」

「詮方あるまい」

不服そうな鯉四郎の肩を押し、荒俣と瓢屋に背をむける。

「おい、待て、どうする気だ」

荒俣の不安げな声に、勘兵衛は応えてやった。

「野ぎつねはそっちの獲物だ、口出しするつもりはないさ」

「そうか。だったら、二度と顔をみせるんじゃねえぞ」

「さあ、それはどうかな。ま、せいぜい手柄を立ててみな」

勘兵衛は捨て台詞を残し、外へ出た。

風が冷たい。川端の道を歩んでいると、樽拾いの丁稚《でっち》小僧が箍《たが》まわしをしているのに出くわした。

小僧は木の枝を使い、樽の外周に巻く輪っかをまわして遊んでいる。

「上手いもんだな」

そこへ、瓢屋の仕着せを着た手代が駆けてきた。

「こんなところで油を売りやがって」

手代は小僧を平手打ちにし、襟《えり》をつかんで引きずってゆく。

「おい」

鯉四郎が呼びとめた。

「小僧を放してやれ」

「へ、へえ」

手代は言うとおりにし、俯《うつむ》きながら通りすぎようとする。

「待て、おぬし、名は」

大柄の鯉四郎に威圧され、手代は萎縮してしまった。

「しょ、庄三《しょうぞう》にございます」

おやと、勘兵衛はおもった。

何処《どこ》かでみたことのある面だ。

「あ、おもいだした」

手代のすがたが消えた瞬間、勘兵衛が膝を打った。

「やつは盗み癖のある小悪党だぞ」

「まことですか」

「まちがいない。仕置場で目にしたことがある。たしか、奉公先で帳場の金をくすねたと聞いた」

「瓢屋のやつ、そんな男をよく雇っておりますな」

「居消《いけし》であろう」

「居消」

「ふむ、情もなく奉公人を辞めさせれば恨みを買う。縄付き（下手人）を出せば世間の聞こえもわるいし、店の信用にも関わってくる。そこで、ただ働き同然に囲いこむのよ」

要は、奉公人の飼い殺し、それを居消というのだ。

「なるほど」

「人手がいる、銀次にも手伝わせねばならん。鯉四郎、ちと葺屋町まで行ってくれ」

「長尾さまは」

「魚籃坂まで足を延ばしてみようかとおもう」

「されば、わたしもすぐに後を追います」

「おう、頼む」

鯉四郎と別れて川端を歩んでいると、空は一転して掻き曇り、白いものがふわふわ落ちてきた。

四

雪は降りつづいている。

帰りは夜道になるのかとおもうと、気が滅入ってきた。

芝田町三丁目のさき、元札の辻へ着くころには夕の八つをまわっていた。

かつては高札場だった三叉路の手前は同朋町、三田の三角とも芝新地とも呼ばれ、街道から横道に逸れると、いかがわしい局見世《つぼねみせ》が軒をならべている。川柳にも「客はにんべんのあるとなし」と詠《うた》われるとおり、侍と寺の僧侶が金を落としてゆく。

侍は大名家の山出し者が多い。増上寺南西の赤羽橋にいたる大路は四国の大名屋敷が集まるところで、薩摩《さつま》島津の上下屋敷も近くにある。

ゆえに「三田の三角、廻れば四角、裏は薩摩の七曲がり」などと俗謡にも唄われる界隈を歩んでいると、九つか十の娘が下駄で雪を踏みつけながら近づいてきた。

「お煎餅《せんべい》を、お煎餅を買《こ》うてください」

頰と鼻を紅く染め、寒そうに白い息を吐く。

足袋《たび》も穿かずに裸足《はだし》なので、踵《かかと》の皹《ひび》が痛々しい。

「辻占《つじうら》か」

勘兵衛は足をとめた。

煎餅のなかには、恋占いの紙片が隠されている。

娘は丸い顔をあげ、媚《こ》びるような笑みをつくった。

「お役人さま、幸運に巡りあうお煎餅ですよ」

「一枚いくらだ」

「四文にござります」

「よし」

勘兵衛は袖から一朱金を取りだし、娘の冷たい手に握らせてやった。

「あの……お釣りがありません」

「いいんだよ」

「え」

「取っておけ」

「あ、ありがとう存じます」

娘は頭を深々とさげ、籐籠に入れた煎餅をぜんぶ寄こそうとする。一朱が二百五十文として、煎餅を六十枚以上買える勘定になるが、それだけの数はない。

「そんなに貰ったら運が逃げちまう、一枚で充分だ」

娘は済まなそうに、煎餅を一枚だけ取りだした。

「そなた、名は」

「きぬと申します」

「住まいは近くか」

「はい、伊皿子町の清七店《だな》に」

瓦葺き職人だった父親は幼い頃に増上寺の屋根から落ちて亡くなり、母親は胸を患って寝たきりだという。絵に描いたような不幸を背負った娘だ。が、おなじような境遇の娘はけっして少なくない。

勘兵衛にできることは、かぎられている。

それでも、何もしないよりはいい。

「おきぬ、暗くなるまで煎餅を売り歩くのか」

「はい」

「子ノ刻や丑ノ刻まで売り歩いておるのではなかろうな」

おきぬは黙って俯いた。

「昨晩は丑ノ刻まで外におりました」

と、蚊の鳴くような声で言う。

「感心せぬな。稼ぎたい気持ちはわかるが、町木戸の閉まる亥ノ刻を過ぎたら外に出てはならぬ。このところは物騒だからな。昨晩も魚籃坂の難波屋が盗人に襲われたばかりだ」

「存じております。難波屋の簑吉《みのきち》さんはお優しい方で、いつもお煎餅を買うてくださいました」

おきぬは涙ぐむ。

簑吉とは、殺された手代のことであろう。

「お役人さま」

おきぬは何事かを言いあぐね、もじもじしている。

「どうした、申してみよ」

「はい、じつは……みたんです」

「ん、何をみた」

「盗人の横顔を、この目で」

ひと仕事終えたばかりの盗人どもを、偶《たま》さか物陰からみてしまった。

兎のように震えていると、仲間から「おかしら」と呼ばれた男が柿色頭巾を脱ぎとったのだという。夜目遠目であったが、提灯に照らされた顔は瞼の裏に焼きついている。黒子《ほくろ》や傷などの際立った特徴はないものの、どんよりと濁った眸子は忘れられない。

もういちど目にする機会があれば、きっとわかるはずだと、おきぬは言う。

「盗人は何人おった」

「ぜんぶで五人おりました」

「おっかさんに喋《しゃべ》ったのか」

「いいえ、でも、異国香楼《いこくかろう》の女将さんにはおはなしいたしました」

「異国香楼とは」

奇妙な屋号だが、車坂稲荷のそばにある置屋らしい。

女将はおこんといい、おきぬに煎餅売りの商いをさせている雇い主でもあった。

置屋が十やそこらの娘に煎餅売りをやらせ、遊客とおぼしき相手を茶屋へ導くといった役目も負わせているのだ。

勘兵衛はおきぬに案内させ、さっそく、異国香楼を訪ねてみることにした。

車坂稲荷の手前には、かつて大木戸が築かれていた。今も街道の左右には高さ一丈、長さ五間の石塁がでんと構え、高札が掲げられている。田町九丁目からこの木戸跡までを、地の者は「七軒」と呼ぶ。茶屋や旅籠《はたご》が軒を並べ、交渉次第では客と枕をともにする転び芸者の巣窟でもある。

異国香楼は、車町の猥雑な一角にあった。

女将のおこんは、界隈では知らぬ者がいないほどの名物女将らしい。

勘兵衛はおきぬと別れ、置屋の敷居をまたいだ。

「ごめん、邪魔するぞ」

玄関口の正面に帳場があり、箱火鉢を抱くように四十年増が座っている。

切れ長の眸子は憂いを帯び、笹色紅の唇もとは艶《あで》やかだ。

体型は小柄でほっそりしており、やや貫禄に欠ける。

どちらかといえば女将というよりは、芸妓にみえた。

「おこんさんがい」

「へえ」

おこんは無表情に応じ、朱羅宇《しゅラウ》の煙管《キセル》に刻み煙草を詰めこんだ。

「座らせてもらうぜ」

勘兵衛は上がり框《かまち》に腰をおろす。

おこんは熾火《おきび》を使って火口《ほくち》に火を付け、膝で床をすすんでくる。

そして、紫煙をひとつ吹かし、煙管を器用にひっくり返した。

「よろしかったら、どうぞ」

「お先煙草か、乙なもんだな」

「今、お茶をお淹れしますよ」

「かまわんでくれ」

おこんはすっと立ちあがり、奥へ引っこんだ。

壁のうえには熊手の飾られた神棚があり、神棚のしたには源氏名の記された時札が下がっている。

「ぼたん、なでしこ、こぎく、さざんか、すいせん、ひいらぎ……」

芸妓の名を読んでいると、おこんが盆に銚釐《ちろり》と猪口《ちょこ》を載せてもどってきた。

「閻魔《えんま》さまのお茶ですよ」

手馴れた仕種で注がれ、すっと猪口を干す。

「ほほう、甘口だな。池田満願寺の茶か」

「さいですよ、とびきりのお茶け」

「お茶けか、ふふ、酔っちまいそうだ」

「どうぞ、ご遠慮なく」

おこんに二杯目を注がれた。

「おこうこもございますよ」

「どれ」

勘兵衛は沢庵《たくあん》を摘み、かりっと齧《かじ》った。

「まあ、良い音だこと」

おこんが笑った。目尻の皺に色気がある。

「おぬし、わしが訪ねてきた理由を知っておるようだな」

「ええ、昨夜の今日ですからね。何処かで辻占のおきぬに会われたのでしょう」

「そのとおりだ」

「辻占のおみくじはご覧に」

「いいや、まだだ」

「それなら、よいことを教えて進ぜましょう」

おこんは箸《はし》袋を指先で器用に巻き、紙縒《こより》にしてみせた。

「大吉のおみくじは、こうやって左の手首に結んでおくんですよ。そうすれば、願い事がかならず叶うんです」

「小娘の好きそうな縁起担ぎだな」

「莫迦にしたもんじゃござんせんよ」

おこんは煙管を取りあげ、長火鉢の角で雁首をかつんと叩いた。

「今朝方、火盗改の旦那もみえましたよ。たしか、荒俣さまと仰いましたっけ」

「ほう、荒俣源九郎がまいったのか」

荒俣は勘兵衛と逆の経路をたどり、高輪から新川河岸まで足を延ばしたのだ。

「この界隈に野ぎつねが潜んでおろうから、もし見掛けたら、岩村外記さまの御役宅まで訴えでるようにとのお指図でした。人相書を一枚、置いていかれましてね」

「人相書か、ちとみせてくれ」

「よろしゅうございますとも」

野ぎつねの人相書が作成されていたことさえ、はじめて知った。

おこんは神棚から折りたたんだ紙を取り、床にひろげてみせる。

描かれた男はふっくらした頰のせいか、世間を騒がす盗人の首魁《しゅかい》にはみえない。

何処かで目にしたことがあるような気もするが、勘兵衛はぴんとこなかった。

少なくとも、おきぬが目にした「おかしら」の特徴とはかけはなれている。

「おきぬが盗人をみた件は、荒俣に告げたのか」

「とんでもない、あんな連中に告げるもんですか」

「ほう、なぜ」

「評判の良くない連中ですよ。芸妓は手込めにするわ、袖の下は搾《しぼ》りとるわ、十手を笠に着てやりたい放題なんですから。あんな滓《かす》みたいな連中、世の中から消えちまえばいいんだ。ねえ、旦那、何とかしてくださいな。町奉行所《まちかた》の旦那方はあたしらのお味方でしょう。それとも、旦那もおなじ穴の狢《むじな》ですか」

聞かれて勘兵衛は苦笑した。

気っ風《ぷ》が良くて口の悪い女は嫌いではない。

それがひと筋縄ではいかぬ女狐ならば、なおのことだ。

勘兵衛は空惚《そらとぼ》け、時札に目をやった。

「それにしても、妙な屋号だな」

「異国香楼ですか、よく聞かれますよ」

「読んで字のごとく、異国の香りがするというほどの意味かい」

「いいえ、逆さ詞《ことば》なんです」

「逆さ詞」

「ええ、異国香は仮名で、いこくか、逆さから読むと」

「かくこい」

「そう、漢字になおせば、客来い、でしょ」

「なるほど」

「感心していただくほどのものじゃござんせんよ、ただの洒落《しゃれ》ですから」

おこんは艶やかに微笑み、また酌をしてくれた。

盃を手にしながら、もういちど人相書を覗《のぞ》きこんでみる。

やはり、何処かでみたような顔だなと、勘兵衛はおもった。

五

勘兵衛は魚籃坂へむかった。

左手にみえる広大な屋敷は、熊本藩細川家の中屋敷である。

かなり急な坂の途中に難波屋があり、火盗改の配下が入口を固めていた。

頭をさげて頼んではみたが、上役の許可がないかぎり中はみせられないという。

上役とは岩村組与力、堀兵太夫のことだ。

仕方なく、道を挟んだ対面にある魚籃寺の山門をくぐった。

以前はこの地に浄閑寺があったと聞いた。浄閑寺は三ノ輪に移ってから、遊女の投込寺として名を知られるようになった。顔見知りだった遊女が何人も葬られている。哀れな遊女たちを供養したくなり、できることなら、御本尊の魚籃観音を拝ませてほしいとおもったのだ。

主旨を告げると、住職は快く厨子《ずし》を開帳してくれた。

御本尊は丈一尺にも満たない唐渡りの仏像である。大陸の息吹を感じさせる顔《かんばせ》は美しく、右手には魚籃を、左手には羽衣を携えていた。金箔《きんぱく》がすっかり剝げているにもかかわらず、観音像は薄暗い伽藍《がらん》のなかで燦爛《さんらん》と金色の光彩を放っているやにみえた。

「南無……」

あらかじめ用意していた数珠を爪繰《つまぐ》り、勘兵衛は短く経を唱えた。

住職に暇乞《いとまご》いをして門の外へ出ると、雪は網目のように降っており、視界が利かないほどである。

勘兵衛は水玉の手拭いで頰被りをし、打裂羽織《ぶっさきばおり》の襟元を寄せた。

日没までには半刻余りの間があるというのに、周囲は昏《くら》い。

視界は雪に妨げられ、足許は不如意、しかも、勾配のきつい雪道とくれば、出歩く物好きも稀であろう。事実、行き交う人影はなかった。

「ここで襲われたら、ちと手こずりそうだな」

ふと、そんな台詞が口を突いて出た。

嫌な予感は当たるもので、坂下から数人の影が近づいてきた。

四人いる。いずれも菅笠をかぶり、鰹縞《かつおじま》の坊主合羽を纏《まと》っている。

足まわりは脚絆《きゃはん》に草鞋《わらじ》、俯きながら大股で雪を踏みつけ、息も切らさずに登ってくる。

「弱ったな」

勘兵衛は背後を仰ぎみた。

助けを呼ぼうにも、坂上に人影はない。
踵《くびす》を返し、雪の坂道を駆けのぼる自信もなかった。
どうせ、中途で追いつかれてしまう。無駄な体力は使いたくない。
足をとめて躊躇《ちゅうちょ》している合間にも、四人はずんずん近づいてくる。
いまや道いっぱいに広がり、襲撃する意図をあきらかにしていた。
腰には段平《だんびら》の一本差し、派手な朱鞘の者もいる。
「しゃらくせえ」
勘兵衛は、背中の十手を引きぬいた。
四人の足がとまる。
間合いは五間もない。
ひとりが、さっと右手をあげた。
刹那、四人は一斉に坊主合羽を抛《ほう》りなげ、段平を抜きはなった。
四本の白刃が雪の網目を突きやぶり、いきなり、鼻面へ迫ってくる。
「なんの」
十手で白刃を叩きふせ、力強く一歩踏みだした。
と同時に、つるっと足が滑り、勘兵衛は尻から落ちた。

仰向けになったところへ、白刃が襲いかかってくる。

「ぬわっ」

咄嗟《とっさ》に十手を薙《な》ぎはらった。

「ぎゃっ」

弁慶の泣き所を叩いたらしく、ひとりが雪道を転がった。

余勢を駆って立ちあがった途端、下腹部に激痛が走った。

がくっと、片膝をつく。

「くそっ」

肝心なときに、疝気の虫が目を醒《さ》ました。

勘兵衛は腹を抱えて蹲り、震える右手で十手を構えた。

「ふへへ、こいつ、口ほどにもねえ野郎だぜ」

まんなかのひとりが吼《ほ》えると、左右のふたりが静かに笑った。

三人の表情はわからない。

柿色頭巾で顔を隠し、そのうえから菅笠をかぶっているのだ。

「いっそ、殺《や》っちまうか」

「そうだな、脅しの効きそうな面じゃねえし」

「よし、油断するな」

三人は段平を青眼に構え、じりっと間合いを詰めてきた。

物腰から推すと、殺しに慣れた連中のようだ。

「お、おぬしら……な、難波屋を襲った連中か」

「へへ、口を利いたな。そうよ、おれたちは野ぎつねの一味さ」

「かしらは、どうした」

「天竺《てんじく》で高みの見物よ、おれたちの知ったこっちゃねえ」

「裏で糸を引いておるのは……だ、誰だ」

「死んでゆく野郎に教えるなあ、教え損だぜ」

まんなかの男が、白刃を大上段へ振りあげた。

「待て」

「なんだよ、命乞いか」

「そうではない。ほれ、仲間が登ってきたぞ」

三人は同時に振りむいた。

勘兵衛が最初に臑《すね》を叩いた男が、必死に坂を登ってくる。

「て、てえへんだ、でけえのがやってくる」

「なに」

遥か坂下から、野太い声が聞こえてきた。

「長尾さま、長尾さま」

鯉四郎である。

「間にあったか」

勘兵衛は気力を振りしぼり、正面の男に飛びかかった。

突きだされた白刃を弾き、十手を猛然と振りあげる。

「ほげっ」

男は血を吐き、雪のなかへ横倒しに倒れた。

頬を砕いたにちがいない。

「まずい、逃げろ」

ふたりが倒れた男を引きずりあげ、坂道を駆けのぼってゆく。

身軽なうえに、膂力《りょりょく》のある連中だ。まず、追いつけまい。

鯉四郎が汗だくでやってきたときには、もはや人影は消えていた。

「長尾さま」

「おう」

「お怪我は」

「ちと、腹が痛い」

「手傷を負われたのですか」

「いいや、疝気の虫だ。肝心のときに疼きやがった」

いずれにしても、鯉四郎が来なかったら、雪を血で染めていたにちがいない。

だが、勘兵衛の口から感謝のことばはひとつも出てこなかった。

「おぬし、酒《ささ》は携えておるまいな」

駄目もとで聞いてみると、鯉四郎はにっこり微笑んだ。

「こんなこともあろうかと、瓢酒を」

「携えてきおったか、偉いぞ」

鯉四郎の差しだす瓢酒を受け、勘兵衛は咽喉《のど》に流しこんだ。

すでに冷めてはいたが、酒は胃袋をかっと熱くさせた。

しばらくすると、疝気も嘘のようにおさまってきた。

「長尾さま、連中はいったい」

「ふふ、どうやら敵は相当に焦っておる。何とはなしに筋が読めてきたぞ」

「教えてください」

「急《せ》くな。泉岳寺のそばに鼈汁《すっぽんじる》を食わせる料理屋がある。鼈でも突っつきながら、ゆっくりやろうではないか」

ぐうっと、鯉四郎の腹が鳴った。

「ほら、腹は嘘を吐かぬぞ、ふははは」

勘兵衛は大口を開け、雪を吸いこむように笑いあげた。

六

鼈をさばくには勇気がいる。

まずは首の付け根を切り、血を搾りださねばならない。それから甲羅と四肢をばらし、茹《ゆ》であげたのち、甲羅の皮と四肢の皮を剝がす。さらに、水と酒で満杯にした鍋にぶっこみ、弱火でじっくり煮込む。そして、骨から肉を剝がし、ぶつ切りにしたものを別の土鍋に移し、やや濃い口の醬油をくわえ、千住の根深葱《ねぶかねぎ》もいっしょに入れて煮込むのだ。

「こいつを食うと、からだが温まる。疝気はからだの芯《しん》から温めぬとな」

勘兵衛は講釈しつつも、せいぜい二杯ほどしか食べていない。

手酌で燗酒を呑みながら、相棒が必死に食うのを眺めている。

「あんまり食うと、あとで鼻血が出るぞ」

鯉四郎は鍋ごと食うほどの勢いで鼈をたいらげ、卵を溶いて雑炊をつくりはじめた。

「鼈は雑炊よ、芹《せり》を忘れるな」

そこへ、訪ねてくる者があった。

「この店を知るやつは、ひとりしかいねえ」

ひょっこり顔を出したのは、すっぽんの異名をもつ銀次である。

「うへ、雑炊ですかい。ちょうどいいや」

「おう、座れ。まずは一杯、それから食ってくれ」

「へい」

銀次は鍋の横に正座し、勘兵衛の酌で盃をかたむけた。

「ぷはあ、生き返《け》えった気分だ。内と外じゃ天国と地獄ですぜ」

「それにしても、ようわかったな」

「魚籃坂に足をむけやしてね、難波屋は火盗改の連中に固められておりやしたから、魚籃寺の山門をくぐったんでさあ。住職に聞いたら、旦那は立ちよっておられた。寺小姓の言うことにゃ、暮れ六つ前に門前のそばで役人と股旅者が斬りあっていたとか。きっと旦那方にちげえねえとおもいやしてね、伊皿子町辺で聞きこんだら、おふたりが泉岳寺のほうへ歩んでいかれたと」

「誰かにみられていたってことか、油断も隙もならねえな」

勘兵衛はみずから雑炊を盛り、銀次に椀を手渡してやった。

「へへ、じゃ、いただきやす」

銀次は雑炊を美味そうに啜《すす》り、口をはふはふさせた。

すでに、鯉四郎は二杯目をたいらげようとしている。

仕上げは落雁《らくがん》の粉菓子、これに緑茶が付く。

からだはでかいくせに、下戸の甘党なのだ。

「ところで旦那、いってえ誰とやりあったんです」

「野ぎつねの一味と名乗っておったな。菅笠に引き廻し、手っ甲脚絆に草鞋履き、腰帯にや段平の一本差し、風体は博打《ばくち》打ちさ」

「数は」

「四人」

「なあるほど」

「心当たりでもあるのか」

「じつは、そいつをご報告にあがろうと、馳せ参じた次第で」

「瓢屋から何か出てきたか」

「旦那もご存じでしょうが、手代の庄三は帳場の金をくすねた小悪党で、洲走りの庄三なんぞと呼ばれておりやした」

「洲走りか、それは知らなんだな」

「身軽なうえに足が速《はえ》え。瓢屋に拾われる以前は、飛脚をやっていたとか。ま、そんな札付きを、瓢屋徳十は飼っているってなわけで」

「やはり、居消か」

「仰るとおり、飼い殺しの奉公人でやすが、調べてみると驚くなかれ、庄三とおんなじ居消がほかに三人もおりやした」

「居消が四人か」

「へい、そいつらは手代のくせに、昼間は何もせずにぶらぶらしている。夜になると、ふらりと何処かへ出掛け、明け方まで帰《け》えってこねえ日もあるとか。要するに、ろくにはたらきもしねえ穀潰《ごくつぶ》しどもを、徳十は文句も言わずに養っているんでやすよ」

「その四人、襲ってきた連中かもしれん」

「あっしも、そうおもいやす」

「おきぬという辻占の娘がな、難波屋に押しこんだ賊どもをみておったのだわ」

「うえっ、まことですかい」

「おきぬの目に焼きついたのは、五人目の男の顔さ」

「五人目の男」

「野ぎつねの首魁だ。やつらの言い分を信じればな」

「旦那、よくわかりやせんや。やつらの言い分ってのは何です」

「これをみてくれ、火盗改の連中が罪を擦《なす》りつけたがっている男だ」

勘兵衛は、人相書を畳にひろげてみせた。

「置屋の女将に借りてきたのだ」

おこんとのやりとりをかいつまんで説明すると、銀次も鯉四郎も目の色を変えた。

「なるほど、この野郎が火盗改の狙う獲物ですかい」

「どうだ、銀次、みたことがあるか」

「あるようなねえような。何処にでもありそうな顔でやすね」

「やはり、そうか」

「でも旦那、辻占の娘がみた野郎とは別人なんでしょう」

「ああ、五人目の男がふたりいるってことさ」

「さて、お立ちあい。本物の野ぎつねは、どっちだってはなしか。そういや、鯉四郎さまからお聞きしやしたが、黒磨きの指揮十手を拾われたそうで」

「しっ、声が大きいぞ」

「へ、すんません」

「すべてのはじまりは、それさ。十手を拾うように仕向けられた気がしてならねえんだ」

「まさか」

「誰かはわからねえが、何のためにという理由なら想像はつく。最初は堀兵太夫を塡《は》めるためにやったのかとおもったが、どうやら、そうじゃねえらしい」

「と、仰ると」

「このおれに、堀の犯した罪を暴いてほしいのよ。そんな気がしてならねえ」

「旦那、火盗改の十手を拾わせたのは、もしや、本物の野ぎつねじゃねえんですかい」

「さすがは銀次、おめえもそうおもうか」

「盗人にも信条ってもんがありやす。金は盗むが人は殺さねえ、そいつが野ぎつねの譲れねえ一線だとしたら、偽野ぎつねの跳梁《ちょうりょう》に黙っちゃいられねえはずだ。ところが、相手にゃ強大な後ろ盾がいる。とてもじゃねえが、正面きって戦えねえ。そこで、火盗改も町奉行所も野ぎつねにとっちゃ同等の宿敵だが、双方を咬《か》ませてみるのも妙案かも。そう、野ぎつねは考えた」

「毒をもって毒を制す。なぜかは知らぬが、わしが咬ませ犬に選ばれたというわけだ」

「けっ、太《ふて》え野郎だぜ。ま、百歩譲って褒めてやるとすりゃ、相手をみる目はあるってこったな」

「銀次よ、火盗改の与力を相手にまわし、本気でやりあえるとおもうか」

「そいつは無理ってもんですぜ、何も盗人のために旦那が命を張ることはねえでしょう」

「でもよ、放っておくこともできねえだろう」

「へへ、そいつが旦那の性分でやすからね」

ふたりは、さも嬉しそうに笑った。

鯉四郎は食うことに夢中だ。

落雁も食べ、茶を呑みながら、ばりっと何かを囓った。

「お、待て」

勘兵衛が慌ててとめる。

「それは、おきぬに貰った煎餅だぞ」

「も、申し訳ございません」

鯉四郎は口に手を突っこみ、捻《ねじ》り文を取りだした。

「こ、これは、何でしょう」

「阿呆、寄こせ、その文にわしの運が記されておる」

勘兵衛は、煎餅の粉と唾液で汚れた紙片をひらいた。

「お、大吉だぞ。なになに、二行立てで仮名が書いてある。ぬめやあねつぎの、しぬのてつじはしろごとひ……何じゃこりゃ」

「辻占にしちゃ凝っておりやすね、呪文みてえだぞ」

「そうか、わかった」

勘兵衛は膝を打った。

置屋のおこんが洩らした「逆さ詞」をおもいだしたのだ。

「ぬめやあねつぎの、しぬのてつじはしろごとひ、こいつをしっくり返えしてみりゃわかる」

「なるほど」

鯉四郎が矢立を取りだし、紙にさらさら書きだした。

「のぎつねあやめぬ、ひとごろしはじつてのぬし……漢字になおしますと、野ぎつね殺めぬ、人殺しは十手の主、とでもなりましょうか」

勘兵衛も銀次も、鯉四郎の書いた文言を睨みつけた。

「めえったな、旦那の読みどおりだぜ」

「銀次、異国香楼のおこんも仲間だぞ」

「そっか、文を辻占の娘に託せるのは、たしかに、女将しかいねえ」

「よし、置屋へまいろう、すぐそこだ」

三人は雪の夜道へ身を躍らせ、車坂稲荷にむかって駆けだした。

七

車坂稲荷には、五穀の豊穣をもたらす九尾の白狐が祀《まつ》られている。

狐は大絵馬にも描かれ、御堂の天井にちかい壁に飾ってあるらしい。

野ぎつねも大仕事のまえには拝んでいたにちがいないと、勘兵衛はおもった。

それにしても、短いあいだに雪がずいぶん積もってしまったので、周囲の風景が変わってみえる。

無論、勘兵衛が置屋の場所をまちがえるはずはなかった。

だが、招牌《まねき》に「異国香楼」と書かれた家屋の板戸をいくら叩いても、おこんはおろか、ひとりの芸妓も顔を出さない。

「ぶち破りましょう」

鯉四郎は勢いをつけ、肩から板戸にぶちあたった。

板戸はばりっと音を起てて倒れ、濛々《もうもう》と粉塵《ふんじん》が舞いあがる。

提灯を翳して踏みこんでも、まったく人気《ひとけ》は感じられない。

箱火鉢も冷たくなっている。文字どおり、蛻《もぬけ》の殻であった。

「逃げたか」

だとすれば、おこんは何から逃げたのだろうか。

「狐につままれたとは、このことだな」

「へへ、旦那、女狐に化かされたんですよう」

「そうかもな、詮方ない、引きあげるか」

ふたたび、三人は雪道へ出た。

そこへ、御用提灯が迫ってくる。

「動くな、神妙にいたせ」

狭い道の左右から、つぎつぎに提灯が寄せてきた。

鎖鉢巻きの大柄な同心が、のっそりすがたをみせる。

暴れ牛、荒俣源九郎であった。

「町方風情が、ここで何をしておる」

荒俣は大刀の柄に手を掛け、眦《まなじり》を吊りあげた。

勘兵衛は動じない。

「そちらと目的はおなじ、女狐を捕まえにきたのさ」

「あんだと」

「残念だったな、置屋は蛻の殻だ。おおかた、おこんはおぬしらの動きを察したのであろうよ」

「うぬら、われらの邪魔をしたな。町方とて容赦はせぬぞ」

荒俣は腰溜めに構え、白刃を抜こうとする。

隣に立つ鯉四郎も、ぷつっと鯉口《こいぐち》を切った。

「待てい」

捕り方の背後から、疳高《かんだか》い声が掛かった。

颯爽《さっそう》と登場したのは、陣笠に火事羽織の与力だ。

痩せているが背は高い。顔は面長で色白、女形をおもわせるような人物こそ、火盗改与力の堀兵太夫にほかならなかった。

「荒俣、退《の》けい」

「はは」

堀に命じられ、暴れ牛は口惜しげに後ずさる。

勘兵衛は霜の降った鬢を掻き、一歩前へ踏みだした。

「そのほう、姓名は」

「長尾勘兵衛と申します」

「臨時廻りか」

「いかにも、南町の臨時廻りにござる」

「南町なら、御奉行は根岸肥前守さまだな。二度ほど、お目通りさせていただいたことがある。根岸さまとうちのお長官は懇意でな」

「さようですか」

「わるいことは言わぬ、手を引け」

「堀さまは、失礼ながら、火盗改きっての切れ者と聞いております。その堀さまのおことばともおもえませぬな」

「なぜ、この一件に首を突っこむのだ。野ぎつねは、わしらがかねてより追っておる盗人一味ぞ」

「堀さまは、難波屋の一件を野ぎつねの仕業とお考えですか」

「大黒柱に貼られた稲荷明神の護符、それが何よりの証拠だ。野ぎつねの首魁は権六《ごんろく》と申してな、権六はおのれの信念をまげ、越えてはならぬ一線を踏みこえた。このまま野放しにしておったら、江戸の安寧を保つのは至難となろう」

「されば、おこんは野ぎつねの仲間とお考えか」

「おこんは権六の女房さ」

「ほう、何を証拠に」

「訴人がおるのよ」

「なるほど、訴人の言を信じ、押っ取り刀で駆けつけたところが、逃げられたあとだったというわけですか」

「おぬしらとて、おなじであろうが」

「ま、そうですな」

「どうする、手を引くのか引かぬのか。即答してもらおう」

「そのまえに、さきほどの問いにお応え申しあげましょう。なぜ、この一件に首を突っこむのか。それは堀さま、貴殿ご自身が胸に手を当てて、ようくお考えになっていただきたい」

「わからぬな、どういうことだ」

「わたしは、とある人物から厄介な質草を託されました。それは貴殿にとって、命のつぎにたいせつなものかもしれぬ。ただし、それが何かはここで申しますまい」

堀は陣笠を目深に伏せ、じっと黙りこむ。

そして、突如、弾けるように嗤《わら》いだした。

「ぬふ、ふははは」

「そんなに可笑《おか》しいですか」

「まあな、なにせ、質草の在処がわかったのだ。まさか町方の、しかも、吹けば飛ぶような臨時廻りの手にあったとはな、傑作なはなしだ。よし、あとで使いをやる。質草を返してもらおう」

「そうは烏賊《いか》の睾丸」

「なにっ」

「それなりの見返りがなければ、返せませぬな」

「ほう」

陣笠のしたの双眸が、きらりと光った。

勘兵衛は、にっと笑う。

「わたしも、これからさきそう長く小銀杏を結っておるわけではない。隠居後は庭木でも愛《め》でながら、心安らかに過ごしたいものです」

「良い老入《おいれ》というやつか」

「さよう。わたしの望むものは、おわかりでしょう」

「くふふ、おぬしもそうとうな悪党《ワル》よのう。で、いくら欲しい」

「一万両」

間髪を容れずに応えると、堀は腰を抜かしかけた。

「ば、莫迦を申せ」

「ふっ、一万両でも買えねえものは事の真相ってやつだ。そいつと引換なら、質草を渡してもかまわねえぜ。え、堀さんよ」

口調の変わった勘兵衛を、刃のような眼光が睨《ね》めつけた。

「おぬし、火盗改を愚弄する気か。ふん、よかろう。だがな、金輪際、野ぎつねに関わるな。関われば、命を縮めるぞ」

「うぽっぽと呼ばれるこのおれに、ちんけな脅しは通用しねえ。そいつを知らねえたあ、あんた、もぐりだな」

そこで、会話はぷっつり途切れた。

黒漆塗の陣笠は御用提灯の狭間《はざま》に消え、やがて、御用提灯も遠ざかってゆく。

「長尾勘兵衛、おぬし、堀さまを本気で怒らせたな。ふふ、あとが楽しみだ」

荒俣源九郎は捨て台詞を吐き、こちらに背中をみせた。

御用提灯のひとつが、遠くで狐火のように揺れている。

「まったく、旦那っておひとは」

銀次が呆れ顔で吐きすてた。

「火盗改の鬼与力にむかって、とんでもねえ見得を切っちまって」

「偉そうなやつをみると、つい、ああなっちまうのさ。ま、口に出しちまったものはしょうがねえ。こうなりゃ、とことん張りあってやろうや。なあ、鯉四郎」

「はい」

鯉四郎は力みかえり、この寒いのに汗まで掻いている。

しかも、つうっと鼻血まで垂れてきた。

「ふふ、鼈の食いすぎだ」

勘兵衛と銀次は、顔を見合わせて笑った。

八

火盗改の御用提灯を掲げた捕り方のなかに、野ぎつねの権六が紛れていた。

というのも、勘兵衛と堀兵太夫とのあいだで交わされた会話を踏まえ、権六は「損得抜きでお会い申しあげたし」と、申し出てきたのである。

翌日、勘兵衛の留守中に文が届けられた。

綾乃によれば、文使いは十ほどの娘であったという。

「おきぬだな」

と、勘兵衛はおもった。

何処かへ消えたおこんに指示され、わざわざ八丁堀までやってきたのだ。

野ぎつねの夫婦は闇に潜行し、辻占の少女に表との橋渡しを託している。

しかも、文の相手はまがりなりにも十手を預かる同心。野ぎつねは危ない橋を渡らねばならぬほど切羽詰まっているのだろう。

会わずばなるまい。

指定された日時はさらに翌日、いまだ明け初《そ》めぬ早朝であった。

「とうふ、とうふ」

辻々には、朝一番に働きはじめる豆腐売りの売り声が響いている。

足をはこんだ場所はほかでもない、指揮十手を拾った地蔵橋のそばだ。

川端の道も橋の欄干も家々の屋根もすべて、純白の衣に覆われている。

橋桁には苫《とま》をかぶせた小舟が繋がれ、苫のうえにも雪が積もっていた。

道行く人影はない。

雪は熄んだが、凜乎《りんこ》とした寒さに身が縮むおもいだ。

橋向こうから、豆腐屋の呼び声が近づいてきた。

「とうふ、とうふ」

一抹の不安が過《よ》ぎる。

はたして、野ぎつねはやってくるのだろうか。

弱気の虫が囁いてくる。ここで野ぎつねに会えなければ、堀兵太夫の思惑どおり、この一件から手を引こうとすら考えていた。

勘兵衛にも迷いはある。

おそらく、堀は十手を取りもどすべく、あらゆる手段を講じてくるだろう。

いつなりとでも死ねる、という気概を携えて生きてはいるものの、いざ死が現実のものになると、この世への耐え難いほどの執着が生じた。元来が未練がましい男なのだ。死ねば、酒も呑めなくなる。庭木を愛でながら、四季折々の空気を肌で感じることもできなくなる。なによりも、愛娘の綾乃と別れなくてはならない。そんなふうに、悪いことばかり考えてしまう。

ともあれ、野ぎつねに会いたかった。会えば、真相があきらかになる。真相を知ることができれば、為すべき道もみえてこよう。

これまでも、そうやって修羅場を切りぬけてきた。

「旦那、うぽっぽの旦那」

誰かに呼びかけられ、勘兵衛はわれにかえった。目のまえに、豆腐屋の親爺が立っている。

「なんだ、おめえか」

「へい」

「豆腐は売れたのか」

「まあ、ぼちぼち」

「そうか」

「旦那、待ち人がおありで。あっしが居たらお邪魔でやしょう」

「ん、まあな」

親爺は猪首を捻り、短い木橋を睨みつける。

「恐ろしい鬼の近所に地蔵橋ってね、誰かの詠んだ川柳にもありやすが、地蔵橋ってな、あっしらにとっちゃ鬼門でやしてね。なにせ、ここは鬼どもの棲む八丁堀、地蔵は衆生《しゅじょう》を救う仏だが、八丁堀の地蔵にだけは気をつけなくちゃならねえ」

　よく喋る豆腐屋のことを、勘兵衛はまじまじとみつめた。

　懐中の奥に仕舞った人相書と、親爺の顔がぴたり一致する。

「おめえか」

「へい、あっしでやす」

「それで合点がいった」

　黒磨きの鉄十手を拾った朝、すでに、勘兵衛は野ぎつねと会っていたのだ。

「何から何まで算盤《そろばん》ずくだったてえわけか。なぜ、おれを選んだ」

「五位鷺《ごいさぎ》の万蔵《まんぞう》親分はご存じですかい」

「ああ、今は香具師《やし》の元締めだが、二十年前は名の知れた掏摸《すり》だった」

　仏の顔も三度とは、掏摸のためにある教訓のようなもの。万蔵は四度目に捕まって首を刎ねられる寸前までいったが、勘兵衛の温情で八丈島送りになった。

「産まれたばかりの娘があってなあ。万蔵のやつは娑婆《しゃば》への未練が捨てきれず、島抜けをやらかそうとした。断崖のてっぺんから、海へ飛びこんだのさ」

　海面には岩礁が突きだしており、激突した瞬間、万蔵の右脚はちぎれとんだ。幸運にも生きのびたその翌年、将軍家治《いえはる》（第十代）が崩御し、一橋家当主の家斉が新将軍となり、恩赦によって島送りの罪人はみな赦免船に乗せられた。

時は流れて去年の秋、万蔵は十九になった一人娘を水戸《みと》藩の藩士に斬られて亡くした。そのとき、久しぶりに邂逅《かいこう》して以来、会ってはいない。

「かれこれ十年もめえになりやすが、あっしが食えねえころ、万蔵親分にゃずいぶんお世話になりやした。そんとき、旦那の噂を小耳に挟んだんでさあ」

万蔵は勘兵衛のことを「生き神様」とまで呼んでいたらしい。

「旦那は奉行所のなかじゃ、うぽっぽなんぞと小莫迦にされている。気が優しいのか、人がよすぎるのか、手柄はぜんぶ誰かに譲り、のほほんとしていなさる。まず、不浄役人のくせに袖の下を受けとろうともしねえ。慈悲の安売りはできねえなぞと嘯《うそぶ》きながら、小悪党にもお慈悲をかけてくださる」

天道人を殺さずとは、まさに、長尾勘兵衛のためにあるような諺《ことわざ》だ。ただし、実際に救われた者でなければ、勘兵衛の高潔さ、強靭《きょうじん》さ、大らかさ、目立つことの嫌いな引っこみ思案な性分などは理解できない。といった内容を、万蔵は滔々《とうとう》と語って聞かせたという。

「よほど恩義を感じておられたんでやしょう。でも、そんときゃあっしも堅気の職人でやしたから、右から左へ聞きながしておりやした。崖っぷちに立たされてみて、親分が熱く語っておられたおひとのことをおもいだしたんです。旦那のことは調べさせてもらいやした。親分の仰ったとおり、情けのわかるお役人さまのようだ。生き神様なら、盗人のあっしでも助けてくれるかもしれねえ。はなしが長くなりやしたが、そんなわけで」

一縷《いちる》の望みを託したというのである。

「迷惑なはなしだな」

勘兵衛は溜息を吐き、ふらりと歩みだした。

「どちらへ」

「一杯呑みたくなった。つきあえ」

「へ」

地蔵橋のたもとから、勘兵衛は川の汀《みぎわ》へ降りてゆく。

そこに、雪をかぶった苫舟が浮かんでいた。

「おい、船頭、起きろ」

屈んで舟に呼びかけると、髭面《ひげづら》の老いた船頭が顔を出した。

「あ、うぽっぽの旦那」

船頭は驚き、肩をぶるっと震わせた。

これといった用途のない舟だが、急ぎの移動などによく使われる。

逢瀬に利用されることもあるので「濡《ぬ》れ舟」なぞと呼ぶ者もあった。

勘兵衛はあまり利用しないが、船頭のことはよく知っていた。

「こやつも盗人でな、何度か捕まえたことがある。ふふ、小悪党の成れの果てというやつさ」

小舟は音もなく汀を離れた。

丸火鉢に火がはいったので、多少は暖を取ることができる。

苫に覆われた内側は、存外に暖かい。

しかも、上等な酒も用意されていた。

勘兵衛はぐい呑みに冷や酒を注ぎ、野ぎつねに勧《すす》めた。

「乙なもんだろう、これが濡れ舟の良いところさ」

「へい」

「さあ、ぜんぶ、ぶちまけちまえ。野ぎつねの喋りを肴《さかな》に雪見舟としゃれこもうや」

「承知しやした」

野ぎつねの権六は盗人一味の正体からはじまり、一連の騒動にいたる経緯を訥々《とつとつ》と語った。

はなしは七年前のとある出来事まで遡《さかのぼ》る。

三人の仲の良い瓦葺き職人が増上寺の大屋根にあがり、古い瓦を張りかえていた。

そこに突如として落雷があり、三人は大屋根から転げおちた。

「ひとりは頭を打って死んじまい、ふたりは九死に一生を得やした」

亡くなったのがおきぬの父親で、生きのこったのが権六と徳松《とくまつ》という男だった。

権六と徳松は怪我を負い、しばらく仕事ができない日々がつづいた。怪我が癒えてもちゃんとした仕事は貰えず、それならいっそ身軽さを活かして盗人にでもなろうと、闇の道へ足を踏みこんでしまったのだという。

権六には女房のおこんがおり、徳松は独り身だった。

三人が狙うのは悪徳商人の金蔵、盗んだ小判は貧乏長屋にばらまき、手許には大金を残さない。それが三人で定めた盗みの掟であった。たいていは、おこんが狙った商家に雇われて、下調べをしておく。権六と徳松は瓦葺き職人なので、いつも屋根から蔵のなかへ忍びこんだ。

三人は野ぎつねと名乗り、やがて、頭角をあらわしてゆく。

ところが、徳松は盗み金を元手に商いをはじめ、四年前に新川河岸の店を買いとった。今では押しも押されもせぬ酒問屋、瓢屋徳十のことである。

「ちょうど一年前、あっしらはちょっとしたことで揉め、別の道を歩むことにきめやした。

徳松の野郎、真面目に商いだけやってりゃいいものを、陰でちょろちょろ盗みをはじめやがった」

札付きの連中を奉公人として雇い、新たな盗人一味を築きあげ、しかも、野ぎつねと名乗った。そして、手はじめに札差の金蔵を襲撃し、死人まで出したあげく、乾分《こぶん》のひとりが火盗改に捕縛されたのだという。

「そんときゃ、あっしも心の臓が凍りやした。徳松はきっと捕まる。そうなりゃ、あっしとおこんも無事じゃ済まねえ。夫婦ふたりで打ち首を覚悟しやした。ところが、そうはならなかった」

徳十こと徳松は捕縛されるどころか、火盗改に一味ごと丸抱えにされた。

そして、魚籃坂の難波屋を襲ったのだと、権六は確信を込める。

火盗改の与力ともあろう者が私利私欲のために、盗人を使って商家の金蔵を襲わせた。しかも、かねてよりの絵図にしたがい、徳松の一味はその場にいた家人をすべて斬殺したというのである。

「徳松の尻を掻いたのは、堀兵太夫にまちがいねえんです」

「証しは」

「十手でやす。そいつを盗んでやりやした。おこんを使ったんですよ。ちくしょうめ、女房のからだをくれてやり、十手を盗んだんでさあ」

権六は火盗改の動きを探り、難波屋が襲われることを察知した。

なにしろ、堀兵太夫みずから、何度も魚籃坂の下見にやってきていたという。

「従前から粉をかけておいたんで、あの晩、おこんが誘ってやったら、やつは疑いもせずに茶屋の二階へ揚がりやがった。難波屋じゃ人が殺されかけているんですぜ。それを承知していながら、目鼻のさきで女を抱くやつがありやすか。そんな野郎は鬼か閻魔《えんま》だ、人間じゃねえ。人間だとすりゃ屑《くず》ですぜ」

たとい真実だとしても、白洲で証し立てするのは難しい。

だいいち、盗人の訴えなど、取りあげても貰えまい。

ただ、勘兵衛自身が権六を信じるかどうかによって、展開は異なってくる。

進退を、いや、生死をも賭ける覚悟さえあれば、手段がないわけではない。

ともあれ、権六とおこんは色仕掛けを用い、与力の十手を盗みだすことに成功した。

「その足で、あっしらは新川河岸へ取ってかえし、瓢屋の蔵を破ったんでやす。ええ、盗むのが狙いじゃねえ。瓢屋と火盗改が連《つる》んでいることを、旦那にお教えしたかっただけなんで」

それを、偶《たま》さか「浮瀬」のおふうにみられた。

野ぎつね夫婦にしてみれば、神仏の導きとしかおもえなかったらしい。

なにしろ、勘兵衛が「浮瀬」へ通っていたこともちゃんと調べてあった。「浮瀬」の板戸へ稲荷明神の護符を貼ることは、最初からきめていたことだったというのだ。

「おふうまで巻きこんだってわけかい」

「申し訳ねえとおもっておりやす。でも、背に腹は代えられねえ」

「まあよい、それから」

「予定どおり、指揮十手を地蔵橋のそばに捨てやした。そっからさきは、賭けでやす。火盗改の悪行を、きっちり調べていただけるのかどうか。旦那にすべてを賭けるしかなかった」

「ずいぶん、まわりくどいことをしたもんだ」

「旦那を振りむかせるにゃ細工がいりやす。あっしのような盗人が正面からぶつかって、信じてもらえるわきゃねえんだ」

「ま、そうだな」

「むこうにゃ徳松がおりやす。こっちの動きは、あらかた知られている。おもってたよりも早く、おこんの居場所がばれたのも、徳松が勘を働かせたからにちげえねえ。連中は今も、あっしらのことを血眼《ちまなこ》になって捜しておりやしょう。明日にも捕まっちまうかもしれねえんだ」

「切羽詰まったあげく、会いにきたってわけかい」

「へい、清水《きよみず》の舞台から飛びおりる覚悟で来やした」

権六は火盗改の捕り方に紛れ、勘兵衛と堀が交わした会話を聞いていた。

「正直、旦那の俠気《きょうき》にゃ涙が出そうになりやしたぜ。それで、会ってみようと。会って何もかもぶちまけちまおうと、そう考えたんでさあ」

「はなしはわかったが、どうもしっくりこねえな」

勘兵衛のなかに、盗人の片棒担ぎは御免だという気持ちがまだあった。

「旦那、あっしは命なんざ惜しくねえ。ただ、口惜しいんだ。本物の悪党が大手を振ってのさばっているのが口惜しいだけなんで」

「吹けば飛ぶような臨時廻りに、いってえどうしろってんだ、え」

「鬼退治をお願いしてえ。見返りはさせていただきやす」

「盗み金でか。ふん、そういう根性が気に食わねえな」

「だったら、今すぐお縄にしてくだせえ。舟のうえなら逃げられやせんや。おこんとふたり、磔《はりつけ》にでも獄門にでもしてくだせえ」

「さあて、どうするかな」

惚けた顔で考えてみせながらも、すでに腹は決まっている。

本物の悪党を叩きのめすことが、勘兵衛は天職だと信じていた。

そうであるかぎり、欲に溺れた役人どもを野放しにしておくわけにはいかない。

舟足がとまった。

船頭が苫を捲《まく》り、呼びかけてくる。

「旦那、小半刻ほど経ちやすが、どういたしやしょう。もうひとまわりしやすかい」

「いいや、もう済んだ。地蔵橋に着けてくれ」

「へい」

「まったく、雪見をする余裕もなかったぜ」

野ぎつねの権六が、蒼褪めた顔で訊いてくる。

「旦那、あっしをどうなさるおつもりで」

「とりあえず、おめえにゃ仕事がある」

「え」

「豆腐だよ、まだ半分売れ残ってんじゃねえのか」

「へ、へい」

野ぎつねの顔が、ぱっと明るくなった。

「さて」

堀兵太夫を、どうやって懲らしめるか。

もはや、勘兵衛の頭にはそれしかない。

九

四日後。

夕刻ともなれば、人の足で踏みかためられた雪道は固くなっている。

氷結した日蔭《かげ》のあたりは、わずかでも気を抜けば滑りそうだ。

段取りに丸三日かかった。

望みどおりに事がはこぶかどうかは、神仏のみぞ知るだ。

堀兵太夫を誘いだすのは、さほど難しいことではなかった。

何のことはない、十手を返すと申し出たら、まんまと誘いに乗った。

場所は高輪車坂稲荷の境内、双方にとって少なからず関わりのあるところだ。

勘兵衛は元札の辻を抜け、七軒に差しかかっていた。

連れは鯉四郎のみ、銀次には瓢屋を見張らせている。

おのれの為すべき道はただひとつ、正義にほかならない。

しかも、白洲では裁くことの難しい正義であった。

堀兵太夫は、斬ってすてねばならぬ相手だ。

いざとなれば、刺しちがえるつもりでいる。

そう、腹に決めた以上、微塵の躊躇もない。

ただし、十手を預かる者は安易に刀を抜いてはならぬ。

相手がどのような悪党でも、それだけは心懸けておくべきだ。

勘兵衛は「大吉」のおみくじを紙縒にし、左手首に結んでいた。

どんな願いも叶うと、おこんが教えてくれたからだ。

おこんが細工したであろうおみくじでも、ご利益はあるような気がした。

「こうなりゃ神頼みだ」

なにしろ、相手は火盗改の与力、常識で考えれば尋常な相手ではない。

往来の脇に、古い瓦を積んだ荷駄がとまっていた。

勘兵衛は何をおもったか、つかつかと歩みよった。

そして、欠けた瓦を一枚拾ってもどってきた。

「長尾さま、それは」

「縁起担ぎさ、野ぎつねは瓦葺き職人だったろう」

「なるほど」

鯉四郎が何を納得したのかは、よくわからない。

ふたりは稲荷社にたどりつき、鳥居をくぐった。

約束の暮れ六つまでは、まだ少々の余裕がある。

西の空には、杏《あんず》色の大きな夕陽が浮かんでいた。

雪道は鏡と化し、残照の欠片《かけら》を煌《きら》めかせている。

狐の石像は茜《あかね》色の綿帽子をかぶっていたが、参道だけは雪がきれいに除いてあった。

師走だというのに、ひっそり閑としている。

何者かの意図で参詣客の入場を禁じているかのような雰囲気だ。

だとすれば、相手は殺る気なのだと覚悟しておかねばなるまい。

立木が揺れ、ざざっと雪が落ちた。

はっとして振りむく。

御堂の背後から、ふたつの影があらわれた。

暴れ牛の荒俣源九郎、そして、飼い主の堀兵太夫である。

ふたりは賽銭箱を背にして立った。

御堂の周囲に人気はないが、境内のそこいらじゅうに何者かが潜んでいる。

「ひとつ、ふたつ、三つ……」

四つまで数えてやめた。十人はくだるまい。

堀の手足となって働く連中であろう。

鯉四郎も気配を察したようで、目顔で合図をおくると頷いた。

「ふふ、来よったな」

酷薄な火盗改の与力は、塗りの陣笠を目深にかぶっている。

四人は間合いを詰めた。

「例のものは携えてきたのだろうな」

堀が薄い口端をめくりあげた。

「わからぬか、ここにある」

勘兵衛は、博多織りの腰帯を叩いてみせる。

大小の狭間に、柄の長い指揮十手が差してあった。

「寄こせ」

「そうはいかぬ」

「なんだと」

「ただで返すとは言うておらぬぞ」

「金か、やはりな。うぬも毒水に浸かった不浄役人のひとり、黄金のかがやきには敵うまいて」

「ひとつ、はっきりさせておこう」

勘兵衛は不敵に笑った。

「おれは金なんざいらねえ。あんたが本物の悪党かどうか、そいつを見極めてえだけだ」

「ふっ、この期におよんで寝言を抜かしよる。わしが悪党かどうかだと、それを知ってどうする」

「悪党なら、縄を打たにゃなるまい」

「ふおっ、ほほほ、可笑しゅうて涙が出るわ。臨時廻りのくせに、尻の青いやつだ。よかろう、応えてやる。わしは札差の金蔵荒らしを捕まえた。ところが、そいつらはなんと二千両も盗んでおってな、それだけの大金をお上にただ返すのは、いかにも惜しいはなしではないか。そこで、おもいついたのよ、盗人を手足のごとく使えばよいのだとな。ためしに、魚籃坂の金貸しを襲わせてみたら、これがうまくいったというわけさ」

「死人が出ておるのだぞ、しかも、幼子まで」

「もとより、承知しておる」

「外道《げどう》め」

「おぬしのごとき芥《あくた》同心にゃわからぬ。与力になると、何かと金がかかるのよ」

「望みは出世か」

「それ以外に何がある。わしは御家人の出だが、実力でここまでのしあがった。三千石の旗本に取りいり、婿養子にも迎えられた。こうなれば、長官になるのも夢ではない。手柄と賄賂《まいない》次第ではな」

「盗人と手を組めば、苦労もせずに金も手柄も舞いこむ。一挙両得というわけか」

「思惑は端緒についたばかり、邪魔だてする者は誰であろうと容赦はせぬ」

「わしらを斬るつもりか」

「その気がなければ、ぺらぺら喋らぬわ」

「堀兵太夫、てめえは十手持ちの面汚しだぜ」

「吠えるがよい、生きておるうちにな。ぬふふ、わるいが、おぬしらに勝ち目はない。ここにおる荒俣源九郎は甲源一刀流の免許皆伝、このわしが指南役よ」

なるほど、並々ならぬ自信は、剣術の力量に裏打ちされたものらしい。

しかも、ふたりは切り捨て御免の金看板を背負った火盗改、人斬りは手馴れたものだ。

「さて、荒俣、そろりと仕舞いにいたせ」

「は」

堀が一歩下がると、荒俣は右手をさっと振りあげた。

疎《まばら》に生えた木立の陰から黒い人影があらわれ、輪を狭めてくる。

小者でも用人でもない。金のためなら人斬りも厭《いと》わぬ厄介な連中、餓《かつ》えた浪人どもだ。

「ほう、盗人のほかに野良犬も雇っておるのか」

「そうよ、悪党は闇雲に捕まえても増えてゆくばかり、首輪を填め、適当に餌を与えて飼いならすことが肝要だ。それがひいては江戸の安寧に繋がる。逆手に廻れば、今までみえなんだこともはっきりとみえてくる。善と悪の共存、わしが長官になったあかつきには、それを見事に成しとげてみせようぞ」

「あんたの言い分にゃ、ちと無理がある。善と悪のあいだにゃ、どうしたって埋められねえ溝があるんだ。そいつをわからねえ野郎に十手は返えせねえな」

「さようか、まあよい、ちっぽけな正義を振りかざしておれ」

堀はぺっと唾を吐き、こちらに背をむけた。

「それ」

荒俣の怒声を合図に、浪人どもが一斉に白刃を抜きはなつ。

勘兵衛は一瞬、鳥居のむこうへ目を遣った。

誰もいない。来る気配もない。

やはり、無理な要求であったか。

お偉方にしてみれば、同心ずれの言い分など、すかした屁《へ》とおなじ程度の価値しかないのか。

「くそっ」

悪態を吐いたところへ、野良犬が一匹突きかかってきた。

「死ねっ」

反転しながら一撃を躱《かわ》し、黒磨きの指揮十手を引きぬいた。

と同時に、自分の十手も背中から引きぬき、左右の手で十手を握りしめる。

大鷲のごとく両手を掲げあげると、小柄な勘兵衛のからだが倍にも膨らんでみえた。

「鯉四郎、心して掛かれい」

「は」

背中合わせの鯉四郎は、長尺の大刀を鞘走らせる。

しかし、荒俣は無論のこと、浪人たちも怯《ひる》まない。

一気に決着をつけるべく、車懸かりに襲ってくる。

「そいっ」

「うりゃっ」

飛びかう気合いは、すぐさま、悲鳴と呻《うめ》きに変わった。

勘兵衛の鉄十手は骨を砕き、鯉四郎の刃は峰に返されて急所を叩いた。

十

日は落ちた。

雪明かりのせいか、あまり暗さは感じない。

参道に転がる野良犬どもが、呻き声をあげている。

手下の数は半分に減っても、荒俣源九郎は余裕綽々《よゆうしゃくしゃく》の顔だ。

「力量はなかなかのもの、それはみとめてやる。されど、精神に甘さがある。相手を斬らずに勝とうなどと、虫が良すぎるわ」

荒俣は身を沈め、しゃっと大刀を抜きはなった。

反りの深い長尺刀である。鯉四郎の得物にも負けてはいない。

多くの血を吸った濤瀾刃《とうらんば》が、妖しげな光芒を放っている。

「けえ……っ」

荒俣は参道の甃《いしだたみ》を蹴りあげ、大上段から鯉四郎の頭蓋を狙って斬りさげた。

痛撃を受けた瞬間、鯉四郎の白刃はびんと弾かれた。

濤瀾刃の物打が、左肩に落ちる。

「うっ」

鯉四郎は、咄嗟に身を引いた。

着物が破れ、ぱっと鮮血が噴いた。

「うわっ、鯉四郎」

勘兵衛が叫ぶ。

鯉四郎はがくっと膝を落とし、奥歯を噛みしめた。

「金瘡《きず》は……あ、浅《あそ》うござる」

つかのま、荒俣の二撃目が襲いかかった。

鯉四郎は右手一本でこれを弾き、逆しまに薙ぎあげた。

「おっと」

荒俣は仰《の》けぞり、裂かれた右袖をみた。

ぱらりと落ちた袖を、乱暴に引きちぎる。

「峰に返さなんだのか、中途半端なやつめ。つぎはとどめだ、容赦はせぬ」

荒俣は八相から中段へ、さらに下段の車《しゃ》に構える。

「ふりゃ……っ」

右胴を狙った水平斬り、甲源一刀流の必殺技だ。

「待て」

勘兵衛が横合いから、欠け瓦を投げつけた。

「なんの」

濤瀾刃で受けた刹那、瓦が粉微塵に砕けちった。

わずかな間隙を衝き、鯉四郎が白刃を繰りだす。

くるっと峰に返った物打が、首筋にめりこんだ。

「きょっ」

荒俣が白目を剝《む》き、棒のように倒れてゆく。

残った野良犬どもは狼狽え、動きをとめた。

が、逃げようとはせず、爪先をじりっと寄せてくる。

まだ、いちばん勁《つよ》い大将が無傷で残っている。

堀兵太夫は腹心を欠いても、いっこうに動じた素振りをみせない。

さきほどから、御堂の壁面と一体になったかのように佇んでいる。

勘兵衛は焦っていた。

鯉四郎の顔は蒼褪め、血の気を失っている。

血止めをしなければ、命が危ない。

「やっ」

勘兵衛は駆けだし、低い姿勢から指揮十手を投げつけた。

「ふん」

堀は目にもとまらぬ捷《はや》さで抜刀し、おのが十手を弾きとばす。

黒磨きの十手は天高く弧を描き、御堂の暗がりへ消えていった。

間髪を容れず、勘兵衛は大刀を抜き、堀に突きかかった。

楽々と躱され、やにわに胴斬りを食う。

「ぬっ」

これを紙一重で躱し、中段から力のない一撃を繰りだす。

凄まじい力で撥《は》ねかえされ、刀が手からもぎとられた。

「念仏でも唱えてろ」

真っ向から、面打ちがくる。

勘兵衛は朱房の十手を十字に翳《かざ》し、鼻先で食いとめた。

「おら、おら」

嵩《かさ》にかかって押しこまれ、海老反《えびぞ》りになる。

脹《ふく》ら脛《はぎ》が攣《つ》り、腰骨がめきっと音を起てた。

息を詰め、歯を食いしばる。

わずかでも力を抜けば、頭蓋を圧《へ》し斬りにされてしまう。

背後でも、剣戟《けんげき》の音が響いていた。

手負いの鯉四郎が、浪人どもと激しく斬りあっているのだ。

首筋は張り、双腕も顎もがくがく震えてきた。

「もう……だめか」

さすがの勘兵衛も、あきらめかけた。

すると、突如、浪人どもが騒ぎだした。

「何だ、あれは」

「御用提灯だぞ」

堀のからだが、すっと離れた。

その反動で、勘兵衛は前のめりになる。

何とか踏みとどまり、鳥居のほうをみた。

なるほど、御用提灯が波のように押しよせている。

「来てくれたのか」

一頭の陣馬が波濤を割り、颯爽と駆けてきた。

毛並みも鮮やかな黒鹿毛《くろかげ》、四肢は隆として美しい。

手綱を操っているのは、緋色の陣羽織を纏った老将だ。

いまや、御用提灯は鳥居の内へ雪崩《なだ》れこみ、境内いっぱいに膨らんでゆく。

黒鹿毛の脇を、誰かが必死に駆けていた。

「銀次か」

勘兵衛の顔が、ようやくほころんだ。

鯉四郎はとみれば、襷《たすき》の端を口で銜《くわ》え、器用に肩を縛りつけている。

「何とか間にあったな」

馬は足をゆるめ、ゆったり近づいてきた。

なんと、銀次が差縄《さしなわ》を握り、轡《くつわ》を引いている。

「どう、どう」

黒鹿毛は足をとめ、馬首をめぐらせた。

馬上の老将が、重厚な声音を搾りだす。

「岩村外記、見参」

堀が刀を抛りなげた。取りみだした様子で駆けよせ、馬の脚に縋《すが》りつく勢いで平伏《ひれふ》す。

「い、岩村さま……ほ、堀にござります、堀兵太夫にござります」

「わかっておるわ、わしがうぬの顔を忘れるわけがなかろう」

「は、じつは、あの下郎めが……て、天下を騒がす、野ぎつねめにござります」

勘兵衛を指差し、わけのわからぬことを口走り、必死になってこの場を取りつくろおうとする。

「堀よ」

岩村には、超然とした威厳があった。

「そなた、指揮十手はどうした」

「へ」

「へ、ではない。まさか、盗まれたのではなかろうな」

勘兵衛が片膝を折敷き、横から口を差しはさんだ。

「恐れながら、指揮十手はあそこに」

指摘したさきは、御堂の天井にちかい壁面であった。

配下のひとりが提灯を翳すと、由緒ありげな大絵馬が掛かっている。

どうやら、絵馬には五穀の豊穣をもたらす白狐が描かれていたらしいのだが、十手はちょうど白狐の胴を突きやぶり、壁面に刺さっていた。

「罰当たりな、稲荷明神がお怒りになられるぞ」

岩村が怒声を発するや、驚いた黒鹿毛が竿立《さおだ》ちになった。

「うわっ」

堀は前脚で蹴飛ばされ、宙高く舞いあがる。

そして、背中から甃に落ちていった。

「分をわきまえぬ不逞の輩め、ものども、早々に芥を始末いたせい」

「おう」

岩村の命令一下、御用提灯の波が浪人どもを呑みこんでいった。

堀も荒俣も後ろ手に縛られ、引ったてられてゆく。

「さて」

馬上の岩村外記が、鬼瓦のような顔を振りむけた。

「おぬしが長尾勘兵衛か」

「はは」

勘兵衛は畏《かしこ》まり、深々と頭を垂れた。

「ここにおる銀次の通報により、瓢屋徳十ならびに野ぎつねの一党は捕縛せしめた。おぬしの手柄と言いたいところじゃが、こたびの一件は表沙汰にできぬ。それでよいな」

「はは」

「ふむ、安心した」

岩村は肩の力を抜き、前歯を剝きだして笑う。

「堀兵太夫の罪状があきらかになれば、わしとて責めを負わねばなるまい。されど、やり残したことが山ほどあってな、腹を切っておる暇もないのよ。そのあたりを、御奉行にも汲んでいただいた。ひとつ聞きたいのじゃが、おぬしは肥前守さまの密偵か」

「いいえ、一介の臨時廻りにござります」

「ふうむ、わからぬ。南町奉行ともあろうお方が、同心づれの訴えなぞに耳をかたむけるとはのう。なにせ、相手は火盗改の与力、堀兵太夫とおぬしを天秤に掛ければ、どちらに利があるかおのずと知れるはず。にもかかわらず、肥前守さまは拙宅までわざわざ足をおはこびになり、このわしに頭をさげられたのじゃ。そうまでされたら、腰をあげぬわけにもゆくまい」

勘兵衛は一言もなく、ただ俯いていた。

「ぬはは、迷惑を掛けたな。悪いのはこっちだ。まあ、許せ」

言いたいことだけ吐き、岩村は馬首を返した。

心地好い蹄《ひづめ》の音を聞きながら、勘兵衛は眸子を潤ませた。

「薊《あざみ》の隠居」

いつもながら、粋《いき》なことをやってくれる。

根岸鎮衛に見捨てられなかったことが、勘兵衛は何よりも嬉しかった。

秘かに案じていた疝気の虫も、おとなしくしてくれていたようだ。

御用提灯は、潮が退くように消えてゆく。

やがて、車坂稲荷の境内に静寂が訪れた。

祭りの後のようだなと、勘兵衛はおもった。

十一

雪暗《ぐ》れの道に、二尺はあろうかという塩引鮭が引きずられてゆく。

走り遣いの丁稚小僧が鮭の尖った口に荒縄を食わせ、重そうに引きずっているのだ。

「師走だな」

勘兵衛は、ほっと溜息を洩らした。

どこからともなく「ほれ、搗《つ》け、やれ、搗け」と、威勢の良い餅搗きの掛け声が聞こえてくる。

「塩引鮭と一升徳利でもぶらさげてゆくか」

今年だけは、根岸邸へ暮れの挨拶に伺おうとおもっていた。

常日頃から、気を遣うなと命じられてはいるものの、感謝の気持ちを伝えたい。

ただ、塩引鮭を一匹まるごと買うとなると、かなりの出費を覚悟しなければなるまい。

総入れ歯の根岸が、それほど食に執着しているともおもえず、はたして、鮭を歓迎するかどうか。むしろ、下り酒の一升徳利を二本ぶらさげていったほうが安上がりで、かつ、喜ばれるかもしれぬ。

などと、あれこれ迷いながら歩んでいると、地蔵橋を渡ったところで声を掛けられた。

「お役人さま、お煎餅を買うてください」

「ん」

どきっとしながら振りむくと、目のまえに辻占の娘が立っている。

あどけない顔で微笑んでみせるのは、おきぬにまちがいなかった。

「おう、どうしておった」

車坂稲荷の大捕物から、早いもので十日が経った。

本物の野ぎつねどもは穴蔵へ隠れ、すがたをみせずにいたのだ。

いずれ、あらわれるにちがいないと、勘兵衛は秘かに期待していた。

「おっかさんが逝《い》きました」

おきぬは淡々と告げた。

「でも、ご心配はいりません。異国香楼のおかみさんが、わたしを娘にしてくれるそうです」

「そうなのか」

おきぬは勘兵衛に煎餅を押しつけ、橋のほうへ駆けてゆく。

欄干の脇に、野ぎつねの夫婦が佇んでいた。

ぺこりとお辞儀をし、重そうな足取りで近づいてくる。

勘兵衛はにこりともせず、剃刀《かみそり》をあてたばかりの顎を撫であげた。

「旦那、いまごろになって、どの面さげて出てきやがったとお怒りでしょうが、さんざ迷ったすえに来ちまいました」

「何の用だ」

「御礼を」

「そんなものはいらねえ。何処に隠れていやがった」

「あちこち、転々としておりやした」

権六は眸子を充血させ、掠《かす》れた声を出す。

かたわらで、おこんは蒼白い顔をしていた。

おきぬは、おこんの手をぎゅっと握っている。

「おめえら、覚悟をきめてきたのか」

「へい」

「なら訊くが、今までに、ぜんぶでいくら盗んだ」

「へい、ざっと三千両余りでやしょうか」

「ほう、そいつは驚き桃の木だな。首がいくつあっても足りねえや」

「獄門になりやしょうか」

「夫婦揃って、市中引きまわしのおまけつきだ」

「そうでやすかい、旦那が仰るんなら仕方ねえ」

「仕方ねえか、ふん、あきらめの早え野郎だぜ。おめえらの顔なんざ、みたかねえや。消えちまいな」

「え」

「おれの気が変わらねえうちに、何処へなりと消えちまえ」

「旦那」

権六とおこんの顔に、赤味が差した。

「おきぬに感謝するんだな」

勘兵衛は言いすて、黒羽織の袖をひるがえす。

頭を垂れる三人との間合いが、徐々に離れていった。

ちらちらと、白いものが落ちてくる。

「やっぱし、塩引鮭も付けてやるか」

勘兵衛の足取りは、心なしか弾んでいた。

『うぽっぽ同心十手綴り　凍て雲』二〇〇六年十一月　徳間文庫

中公文庫

うぽっぽ同心《どうしん》十《じっ》手《て》綴《つづ》り

凍《い》て雲《ぐも》

2023年10月25日　初版発行

著　者　坂《さか》　岡《おか》　真《しん》

発行者　安部　順一

発行所　中央公論新社

〒100-8152　東京都千代田区大手町1-7-1

電話　販売　03-5299-1730　編集　03-5299-1890

URL https://www.chuko.co.jp/

DTP　ハンズ・ミケ

印　刷　大日本印刷

製　本　大日本印刷

Published by CHUOKORON-SHINSHA, INC.
Printed in Japan　ISBN978-4-12-207430-9 C1193

各書目の下段の数字はISBNコードです。978－4－12が省略してあります。

中公文庫既刊より

さ-86-1
うぽっぽ同心十手《じって》綴り
坂岡　真

〝うぽっぽ〟とよばれる臨時廻り同心の長尾勘兵衛は、人知れぬところで今日も江戸の無理難題を小粋に裁く。情けが身に沁みる、傑作捕物帳シリーズ第一弾！

207272-5

さ-86-2
うぽっぽ同心十手綴り　恋文ながし
坂岡　真

野心はないが、矜持はある。悪を許さぬ臨時廻り同心、長尾勘兵衛の粋な裁きが胸を打つ。傑作捕物帳シリーズ第二弾！

207283-1

さ-86-3
うぽっぽ同心十手綴り　女殺し坂
坂岡　真

十手持ちには越えてはならぬ一線があり、覚悟を決めねばならぬ瞬間がある。正義を貫くため、長尾勘兵衛は巨悪に立ち向かう。傑作捕物帳シリーズ第三弾！

207297-8

さ-86-4
うぽっぽ同心終活指南（一）
坂岡　真

臨時廻りの勘兵衛は、還暦の今も〝うぽっぽ〟と呼ばれながら江戸市中を歩きまわっていた。傑作捕物帳シリーズ新章、待望の書き下ろし。〈解説〉細谷正充

207305-0

あ-59-4
一　路（上）
浅田次郎

父の死により江戸から国元に帰参した小野寺一路は、参勤道中御供頭のお役目を仰せつかる。家伝の行軍録を唯一の手がかりに、いざ江戸見参の道中へ！

206100-2

あ-59-5
一　路（下）
浅田次郎

蒔坂左京大夫一行の前に、中山道の難所、御家乗っ取りの企てなど難題が降りかかる。果たして、行列は期日通りに江戸へ到着できるのか――。〈解説〉檀　ふみ

206101-9

あ-59-9
流人道中記（上）
浅田次郎

「痛えからいやだ」と切腹を拒み、蝦夷へ流罪となった旗本・青山玄蕃。ろくでなしであるはずのこの男には、弱き者を決して見捨てぬ心意気があった。

207315-9

あ-59-10
流人道中記（下）
浅田次郎
奥州街道を北へと歩む流人・玄蕃と押送人・乙次郎。旅路の果てで語られる玄蕃の罪の真実。武士の鑑である男はなぜ、恥を晒してまで生きたのか？〈解説〉杏
207316-6

い-138-1
剣神 神を斬る
神夢想流 林崎甚助1
岩室忍
出羽楯岡城下で闇討ち事件が起こった。父を殺された六歳の民治丸は仇討を神に誓う。居合の始祖・林崎甚助の生涯を描く大河シリーズ始動！ 文庫書き下ろし。
207226-8

う-28-8
新装版 御免状始末
闕所物奉行 裏帳合㈠
上田秀人
遊郭打ち壊し事件を発端に水戸藩の思惑と幕府の陰謀が渦巻く中を、著者史上最もダークな主人公・榊扇太郎が剣を振るい、謎を解く！ 待望の新装版。
206438-6

う-28-9
新装版 蛮社始末
闕所物奉行 裏帳合㈡
上田秀人
榊扇太郎は闕所となった蘭方医、高野長英の屋敷から、倒幕計画を示す書付を発見する。鳥居耀蔵の陰謀と幕府の思惑の狭間で真相究明に乗り出すが……。
206461-4

う-28-10
新装版 赤猫始末
闕所物奉行 裏帳合㈢
上田秀人
武家屋敷連続焼失事件を検分した扇太郎は改易された出火元の隠し財産に驚愕。闕所の処分に大目付が介入、大御所死後を見据えた権力争いに巻き込まれる。
206486-7

う-28-11
新装版 旗本始末
闕所物奉行 裏帳合㈣
上田秀人
失踪した旗本の行方を追う扇太郎は借金の形に娘を売る旗本が増えていることを知る。人身売買禁止を逆手にとり吉原乗っ取りを企む勢力との戦いが始まる。
206491-1

う-28-12
新装版 娘 始 末
闕所物奉行 裏帳合㈤
上田秀人
借金の形に売られた旗本の娘が自害。扇太郎の預かりの身となった元遊女の朱鷺にも魔の手がのびる。江戸闇社会の掌握を狙う一太郎との対決も山場に！
206509-3

う-28-13
新装版 奉行始末
闕所物奉行 裏帳合㈥
上田秀人
岡場所から一斉に火の手があがった。政権返り咲きを図る家斉派と江戸の闇の支配を企む一太郎が勝負に出たのだ。血みどろの最終決戦のゆくえは⁉
206561-1

各書目の下段の数字はISBNコードです。978 - 4 - 12が省略してあります。

き-17-10
魂の沃野（上）
北方謙三

加賀の地に燃え拡がる一向一揆の炎。蓮如や守護・富樫政親との奇縁から、闘いに身を投じることになった地侍・小十郎の青春を描く血潮たぎる歴史巨篇開幕！

206781-3

き-17-11
魂の沃野（下）
北方謙三

蓮如の吉崎退去、小十郎の恋、そして守護・政親の強権。加賀の雪が、血に染まる時が近づいていた。一向一揆を生きた男たちそれぞれの明日。〈解説〉清水克行

206782-0

さ-74-1
夢も定かに
澤田瞳子

翔べ、平城京のワーキングガール！ 聖武天皇の御世、後宮の同室に暮らす若子、笠女、春世の日常は恋と友情と政争に彩られ……。〈宮廷青春小説〉開幕！

206298-6

さ-74-2
落花
澤田瞳子

仁和寺僧・寛朝が東国で出会った、荒ぶる地の化身のようなもののふ。それはのちの謀反人・平将門だった。武士の世の胎動を描く傑作長篇！〈解説〉新井弘順

207153-7

さ-74-3
月人壮士《つきひとおとこ》
澤田瞳子

母への想いと、出自の葛藤に引き裂かれる帝――国のおおもとを揺るがす天皇家と藤原氏の綱引きを背景に、東大寺大仏を建立した聖武天皇の真実に迫る物語。

207296-1

す-25-33
江戸の雷神
鈴木英治

その勇猛さで「江戸の雷神」と呼ばれる火付盗賊改役の伊香雷蔵は、府内を騒がす辻斬り、押し込み、盗賊らを追うが……。痛快時代小説シリーズ開幕！

206658-8

す-25-35
江戸の雷神 敵意
鈴木英治

不首尾に終わった捕物の責を負わされ、火付盗賊改役を罷免された雷蔵。元盗賊「匠小僧」や訳ありの剣の達人・六右衛門らと動き出したが……。書き下ろし。

207140-7

す-25-36
江戸の雷神 死化粧
鈴木英治

深川で続けて四人の娘が惨殺された。その頃、前火盗改役の伊香雷蔵は、元盗賊・玄慈らの力を借り「よりよい江戸」をつくらんとしていたが……。書き下ろし。

207322-7